責任

浅野皓生

RESPONSIBILITY
Kosei Asano

角川書店

目次

責任

序章　二〇二二年 二月

目覚ましが鳴る前に目が覚めた。

凝《こご》った空気を押しのけるようにして窓際に赴き、カーテンを開ける。外はぼんやりと明るい。窓を開ける。空気が冷え切っている。遠くからバイクの走行音が聞こえてきた。

身支度をすませ、予定通り六時半に家を出た。

東の空が白んでいる。一階の住民の迷惑にならぬよう、静かに階段を下っていく。さびた金属が軋《きし》む感触が足を伝う。

数分も歩くと、静けさの中に車の走行音が交じるようになる。そして少しずつ、分銅を吞《の》みこんでしまったかのような重たさが、胃のあたりに広がっていく。

毎年のことだ。

環状七号線に突き当たり左に曲がる。時たま車に追い越されながら、なだらかな坂になっている歩道を下る。

宮前橋《みやまえばし》交差点が見えてくる。

当初はあふれんばかりだった献花は、今や一つとしてない。このところは缶コーヒーが一つだけ置かれていたが、今朝はそれすらもないようだ。

だからといって、世間を薄情だと断罪する気はなかった。事故の一端を担った自分にそんな資格があるとも思えなかった。

信号が青になった。半袖《はんそで》のランニングウェア姿の中年の女性が、待ってましたとばかりに駆けだしていく。ランナーが横断歩道を渡り切るのを待ってトラックが左折し、それに青と灰色の乗用車が二台続いた。

何気ない日常を、徹《とおる》は見つめた。

何分が経ったか、背後から自販機が飲み物を吐き出す音がした。振り向くと、徹と同じスーツ姿の若い男が缶コーヒーを取り出している。

瞬時に缶コーヒーの供え物のことが頭をよぎったが、男は何のためらいもなく缶の口を開け、自分の口に運んだ。

徹は小さな息をつく。

結局、男とは駅まで同じ道だった。

＊

朝の京王線は混みあっているが、通勤ラッシュと表現するのは大袈裟《おおげさ》に過ぎる。乗客の間には吊革《つりかわ》を片手に本を読めるくらいの間隔がある。とはいえ車両をざっと見渡してみても、眠たげな目で単語帳を睨《にら》みつける高校生がいるくらいで、手に紙製の何かを持っている者はほとんどいない。

徹とて読書は嫌いではないが、このところは碌《ろく》に読んでいなかった。若いころは半ば発作のように長編小説を買い込むことがあった。大半は忙しさを言い訳に挫折《ざせつ》したが、少なくとも読もうという意欲、読まなければという義務感が残っていた。

今ではもう、試しに買ってみようとすら思わない。

つつじヶ丘《がおか》駅で下車。日の光がほのかに暖かいが、寒さを退けるには弱すぎる。その方が暖かいのでマスクはつけたままにした。

藤憲寺《とうけんじ》までは五分とかからなかった。市民会館のような寺らしからぬ外観も、もはや見慣れたものだ。脇の通用口から裏の墓地に抜ける。まだ七時半過ぎ。いつもよりは少し遅いが人影はない。

藤池家《ふじいけ》の墓碑は右隅にある。

今の墓石は七、八年前に新調されたものだ。御影石の斑《まだら》の中に、かつては醜悪な落書きの痕《こん》跡《せき》が残っていた。

墓石の側面に目をやると、先祖と並び、彼の名がある。

藤池光彦《みつひこ》。享年二十三。二〇一〇年二月二十八日没。

彼とはほんの幾つかの言葉を交わしたに過ぎない。それから彼は逃げ、徹は追った。その先であの事故は起きた。

買ってからもう随分経つからだろう、線香が数本湿気てしまっていた。状態のいい一本をつまみ上げ、ライターで火をつける。紫煙に付きそって、白檀《びゃくだん》の薫りが広がる。

手を合わせ、目をつむった。

世間に彼を悼む者はいない。当たり前だ。平成最悪の自動車事故を引き起こした強盗犯を、誰が好きこのんで偲《しの》ぶだろう。

だが徹は、その死を悼む。

彼もまた犠牲者の一人に違いはない。

強い風に煽《あお》られるようにして目を開けた。地べたに置いていた鞄《かばん》を右手で掴《つか》み、左手で底についた塵《ちり》を払いつつ、出口に向かって足を進めた時だった。

「松野《まつの》さん、でしょうか?」

目の前に、着古されたダウンジャケットを身にまとった、白髪交じりの男が立っていた。

「覚えておいでですか。藤池稔《みのる》です」

光彦によく似たその顔を、見間違えるはずがない。

この十年あまりの間、光彦の遺族に出くわしたことは一度もなかった。会う確率の高い時間帯を避け、遅めの夕方や早朝にここを訪れていたからだ。そのためか、遺族に遭遇する可能性は、徹の頭からすっかり抜け落ちてしまっていた。

だが今、稔はここにいる。

「すみません、失礼しました」

稔の横をすり抜けようとした。

「ちょっと、お待ちください」

それを稔の右手が制した。

「お急ぎでなければ、少しだけ、時間をくださいませんか」

*

立ち方を忘れてしまったような感覚から抜け出す間もなく、ステンレスの花入れを洗い終わった稔が小走りで戻ってきた。それから雑巾《ぞうきん》で墓を拭《ふ》き始める。入念で手際がいい。正面と側面だけでなく、墓石の後ろに回り込むようにして背面にも腕を伸ばす。

手を貸すべきかどうかと逡巡《しゅんじゅん》するうち、稔の方が口を開いた。

「たまにね、裏側に落書きする奴もいたんです。その方がバレないと思ってるんですかね。落書きなんてバレてなんぼのような気がするんですが」

語調はいたって穏やかだ。

「あれ落とすのはね、結構大変なんですよ。油性なんか一回じゃ落ちませんから、何回も何回も洗って拭かなきゃいけない。でも石の奥まで色が染みこんでしまうともう何やってもダメです。だからようやく墓石を替えた時は、それはもう、すっきりしました」

役目を終えた雑巾を竹桶《たけおけ》の持ち手にそっと掛けてから、稔は控えめな色の花束をいけた。

「毎年、来てくださっていますよね」

そして稔は徹に向き直った。

「線香の数でね、分かるんです」

「――ご迷惑でしたよね」

「とんでもない」

稔は理解を示すような口ぶりで言う。

「松野さんも大変だったでしょうに、わざわざ、ありがとうございます」

稔は好意的で友好的だ。空恐ろしいまでに。

「お引止めしたのは、少し、お聞きしたいと思ったからで。この期に及んで、また光彦の最期のことなのですが、裁判の時に聞いたはずなんですけど」

身体が硬直する。

「松野さんは、光彦と話して、どう思われましたか?」

どのような答えが求められているのか分からない、というのが顔に出ていたのだろう。稔は慌て気味に続けた。

「すみません、つまり、光彦を見て、こいつは何かやったに違いないって、松野さんは思われましたか?」

「はい」

一切の躊躇《ちゅうちょ》なく口が動く。記憶をさかのぼる必要などない。

「犯行直後だと確信しました。今でもそれは変わりません」

軽く目を見開いた後、稔は力なく頷《うなず》く。

「すみません、今さら」

薄笑いは心なしか自嘲《じちょう》気味に見える。

「警察には、まだ?」

「ええ、一応」

「そうですか。それはよかった」

何がよかったのか、徹には分からない。

「もしよかったら、名刺、頂けませんか」

稔が徹の名刺を欲しがる理由も、それを断る理由も、ともに見当たらなかった。

その後、どうやって稔と別れたかはよく覚えていない。

ただ、どんなに心が動揺していようと、次の目的地への行き方は身体に染みついていた。

第一章

二〇二二年八月

1

喫煙室の空気は生温《なまぬる》くよどんでいた。すっかり黄ばんだ壁は見るからにベタベタしている。寄りかかってしまわないよう気をつけながらＪＰＳを咥《くわ》える。

煙草は外の方が美味《うま》いと相場が決まっている。新鮮な空気とともに味わってこそ真価が発揮されると言っていい。だが夏は話が別である。茹《う》だるような外気に包まれては、煙草を吸う気がまず起こらない。多少酸素が薄かろうと室内の方がマシだ。

半分くらい吸ったところで扉が開いた。青柿《あおがき》だ。

「国分寺《こくぶんじ》署はどうでした？」

ポケットからいつも通りのマルボロを取り出しながら、凜とした声で青柿は言う。

「どうもこうもないな。協力は惜しまないと口では言ってたが、内心はどうだか」

「向こうにもメンツがありますからね」

特命捜査対策室は二〇〇九年に警視庁捜査一課内に設けられた部署で、未解決事件の捜査を専門とする。二十一年前、西国分寺駅近くで発生した殺人事件を特命捜査第四係で担当することになったため、相棒の加茂下《かもした》とともに、はるばる国分寺署まで足をのばしてきたのだ。

「暑いでしょう、外」

「見ての通り」

「ご苦労様でした」

「ずっと中？」

「ええ」

気後れした様子をかけらも見せずに青柿は答える。

「こういう時だけは羨《うらや》ましいよ」

青柿は煙で笑う。

「松野さんは管理職って柄じゃないですよ」

「何、嫌味？」

「違いますよ、現場が似合うってことです」

「余計嫌味っぽくないか？」

青柿は一瞬真顔に戻ってから、

「確かに」

ひとしきり二人で笑った。

青柿は第四係の係長だが、徹の五つ年下で、梅ヶ丘署時代は徹の後輩だった。つまるところ徹は出世レースで追い抜かされたのだ。優秀なのはもちろんだが、徹と違って上司にうべなうのもうまい。出産後、比較的休みのとりやすい特命捜査対策室の係長というポストを引き当てたのも、その賜物《たまもの》だろう。

「そうだ、うちの署の喫煙所、覚えてるか？」

笑いの名残の中で尋ねる。

「あれ新しいのに変わったんだよ」

「え？　じゃあもうボロ小屋じゃないんですか」

「ステンレスかなんかの喫煙所になってた。たまにある、ほら、牢屋《ろうや》みたいなやつ」

格子状の柵《さく》で囲っているのは周囲からの視線を遮断するためらしいが、傍《はた》から見ると現在の喫煙者の立場を皮肉っているようにしか見えない。

「ええ、そうなんですか」

声には驚きの余韻が残っている。

「何、そんなに悲しい？」

「いや、悲しいってわけじゃないですけど」

青柿は一度、言葉を切る。

「もともと私、あそこに入りたかったんですよ。煙草吸ってこそ刑事みたいなそんな感じ、まだあったじゃないですか」

「あったかもな」

「だから刑事課に配属になってすぐ、自分も煙草やろうって決めたんです」

「よしときゃいいのに」

「ねえ。煙草なんて碌《ろく》なもんじゃないのに」

そう言いつつ、青柿は口元に煙草を持っていく。

「でもその時は、煙草でもなんでも、私は仲間に入りたかったんです。女が刑事なんてとか言う人も、まだいましたし」

そんな下らないことをのたまう連中の誰よりも、青柿は出世している。

しばらくして携帯が震えた。見慣れない番号からだった。

「ご無沙汰《ぶさた》しております。藤池稔です」

とたんに全身が強張《こわば》った。

「今、少しよろしいですか」

「――はい」

廊下に出ながら慌てて答える。

「実はですね、松野さんに少しご相談したいことというか、お願いしたいことがあるんです。その、それでですね、電話だと上手《うま》く伝わらないと思いまして、もし松野さんさえ宜《よろ》しければ、ご都合が合う時に、どこかでお会いできないかと」

稔の声は上ずっている。

「すみません。これから数日は厳しいので、またこちらからお電話します」

そう答える徹の声も上ずる。

「ありがとうございます。ご連絡、お待ちしてます」

至極あっさりと電話は切れた。動悸はなかなか収まらなかった。

「何かありました？」

戻ると、青柿が聞いてきた。

「いや別に。先戻る」

半ば強引に話を切った。青柿は目に見えて不満げだったが、それ以上詮索《せんさく》してはこなかった。

*

四日後の土曜日の昼過ぎ、徹はつつじヶ丘駅に降り立った。

駅舎から歩み出るや、あまりの眩《まぶ》しさに目がくらむ。風はなく、刺すような日差しだけがあった。アスファルトも革靴ごしでも分かるくらいの高温になっている。卵を割って落とせば生焼けの目玉焼きくらいはできるかもしれない。

藤池家は取り立てて特徴のない木造二階建ての一軒家だった。訪れるのは初めてだが、当時の報道で見ていたからか、どことなく見覚えがある。

汗を拭《ふ》き、ジャケットを羽織り直す。深呼吸をしてから呼び鈴を鳴らした。

出てきたのは稔だった。くすんだカーキ色のポロシャツを着ている。

「暑い中、ありがとうございます。さ、どうぞ」

玄関に入ると淡い木の香りがした。洗面所を借りて手を洗うと、水滴の跡一つない鏡に自分の姿が映る。かつて光彦が暮らした家に自分がいるという奇妙な事実を、鏡はあっけらかんと浮かび上がらせている。

「こっちです。妻と、娘もおります」

古びたダイニングテーブルの前に、二人は立っていた。

「わざわざ、今日はありがとうございます」

細い声でそう言い終えた後、左手で椅子の背もたれを持ちながら、菊子《きくこ》はゆっくりと上体を倒した。それに合わせるようにして、傍らの凜香《りんか》も頭を下げる。

稔に促され、徹は菊子の向かいの椅子に座った。凜香が支えようとするのを軽く手で制した菊子は、左手を軸に身体を回転させてから、ゆっくりと腰を下ろす。それを見届けてから、凜香は徹の斜め前に座った。細い体軀を桃色のブラウスが包んでいる。記憶が正しければ、確か莉帆《りほ》と同い年のはずだ。稔が麦茶を持ってくるまでの間、凜香は徹の顔をチラリチラリと見つめてきたが、視線を送り返すとすぐに下を向いてしまった。

「見てお分かりかと思うのですが、病気をしたんです」

稔が腰かけてから、菊子が口火を切った。

「数年前に一度、脳卒中を患いました。その時は軽くて、割とね、すぐに、回復したんですが、今年に入ってまた再発しまして。これでもまあ、大分良くなったんですが、右半身がね、思うように動かなくなってしまいました」

病の存在は明らかだった。最後に見かけたのは地裁の判決の時だったが、小柄だった身体はさらに小さくなり、土気色の顔の皺《しわ》は深く、毛量も心もとない。還暦を過ぎたばかりとは信じがたい。

「ですからね、お風呂《ふろ》とか、服を着替えるのとかは手伝ってもらわなきゃで、いつもは主人とヘルパーの方がやってくれて、今日みたいな休みの日は凜香が帰ってきてくれます」

凜香を見つめる菊子の目元は緩んでいる。

「ただね、いつまでも二人の手を煩わせるわけにもいきませんから、ゆくゆくはどこか、施設に入れればなあなんて思うんですが、でも、また再発したら次はないかもしれないとお医者さんからは言われていて、まあその方が、二人に迷惑をかけずにすむのかもしれません」

稔は首を振って、笑えない軽口をいなす。

「すみませんね、何の話をしているのかと、お思いですよね」

菊子は大きく息を吐いた。

「松野さんをお呼びしたいと駄々をこねたのは、私です」

迷いのない声だった。

「特に凜香には散々止められました。当然だと思います。松野さんに頼もうとしていることが滅茶苦茶《めちゃくちゃ》なことくらい、さすがに分かります。でもね、最後くらい我がままを言う資格はあると思うんです。何せこれまで、散々、色んなことを我慢してきたんですから」

そう吐き出すように言ってから、菊子は徹を見据えた。

「松野さん、お願いがあります。光彦の事件を調べ直しては頂けませんか」

率直に、この人は何を言っているのだろうと思った。

それは確かに、滅茶苦茶な話だった。

「非常識なお願いをしていることは、重々、承知しています。こんなこと引き受けて松野さんにいいことなんて一つもない。だから断られても文句は言えません」

それ以前に、冤罪《えんざい》の可能性などない――そう突っ込みたくなるのを堪《こら》える。

光彦が事故直前に強盗致傷を働いたことは、まずもって疑いえない。証拠も、徹自身の確信もある。調べ直したところで何かが出てくるはずがない。

だがもし、天地がひっくりかえるか何かして、光彦が冤罪であると明らかになったらどうだろう。状況は徹を利するどころか、無実の人間を追跡し、大事故を招いた警官として、十二年越しの批判を浴びることになりかねない。

菊子自身が言うように、どちらにしても徹に得はない。

「どうして、私に?」

だから聞かずにはいられなかった。

「松野さん以外に、いないからです」

菊子が答える。稔が頷《うなず》く。

「裁判の時こと、覚えておいでですか」

事故から二年後に提起された国家賠償訴訟。稔と菊子の主張は、徹の追跡に過失があったために事故が起き、光彦が死亡したというものだった。

「覚悟していた以上の批判があって、法廷でも、みんな敵に見えました。傍聴の人も、裁判官ですら、よくこんな裁判起こせるなって、そういう雰囲気で」

重苦しいようでどこか浮ついた、あの法廷の空気。

「でも松野さんは、違いましたよね」

その中心にありながら、徹はその外側にいた。

「証言の最後におっしゃったこと、今でもよく覚えてます」

——ご遺族には裁判を起こす権利があります。そして、誰にもそれを咎める権利はないと、私は思います
「敵のはずなのに、私たちにはあなただけが味方に見えたんです」

しばらく、菊子の息づかいだけが部屋に響いた。

「光彦には前科があります。盗みをして、しまいには——しまいには、レイプの手伝いまでした。絶対に許されないことです。一生消えない、償いきれない罪です。でも、それでも、少年院を出てからはずっと真面目に働いて、色んな人から信頼されて、とうとう被害者の方からも赦《ゆる》しを頂いたんです。ようやくこれからって時だったんです。だから強盗なんてありえないと思うんです。最後にもう一度、信じてあげたいんです」

机の上に置いた灰色の手に、菊子は額を押し付けた。

「松野さん、調べ直しては頂けませんか。私の妄想に付き合ってはくれませんか?」

「私からも、どうかお願いします」

稔もまた首を垂れた。両親の勢いに呑《の》まれるようにして凜香も続いた。

「どうかそんな、よしてください」

自分が頭を下げられるなんて、おかしい。

「少し、考えさせてくれませんか」

今はそうとしか言えなかった。顔を上げた菊子は、小さく頷いた。

「もちろん。気を長くして、お待ちしてます」

力の抜けた笑みだった。

2

「訳が分からん」

ひとしきり事情を話し終えると、電話口の水脇《みずわき》は平たい声で言った。

「何がどうなったらお前、そういうことになるんだ。何でその場で断らなかった」

「どうも、こう——ためらわれたというか」

やれやれという言葉が聞こえてきそうな溜息《ためいき》の後、

「今すぐ断れ」

水脇はばっさりと言った。

「藤池光彦は黒だ。そのことは俺たちが一番分かってる。そうだろ」

「はい」

「だったら時間の無駄だろ。何で調べ直す必要がある」

「まあ、それはそうなんですが」

歯切れの悪い返答しか出てこない。

「何うじうじ悩んでんだよ。悩むとこねえだろ」

「そのはずなんですけど」

「お前、まさか疑ってんのか?」

水脇の声に険が交じる。

「何を?」

「冤罪を」

「それはないです」

自分でも驚くくらいの大きな声が出た。

「藤池光彦に限って、それはないです」

「じゃあお前、結局何なんだよ」

お手上げというふうに水脇はぼやく。

「罪滅ぼし、なんですかね」

咄嗟《とっさ》に出てきた言葉がそれだった。

「なんて?」

「罪滅ぼしです、その、藤池光彦の遺族に」

水脇は黙りこくった。無言を埋めるように徹は言葉を足した。

「何かした方がいいんじゃないかって、ずっと思ってきたので」

「テツ」

重い声がした。

「お前、何か悪いことしたか?」

沈黙が落ちる。

「犯罪者かお前は? 違うだろ? 自分の仕事をしただけだろ? 今もし、あの時と同じ状況になっても、お前は追うだろ?」

裁判の前も、終わってからも、何度も反芻《はんすう》したことだった。あれは本当に正しい判断だったのか。追わないという選択肢もあったのではないか。

「俺でも同じ判断をする」

答えはいつも同じだった。

「自分は悪くないってこと忘れるな。罪滅ぼしも糞《くそ》もない。滅ぼす罪がねえんだから」

水脇の言葉にはがさつな温かさがある。

「大体が、よりによってなんでテツに頼むんだよ？　そこからおかしいだろ」

「まあ、それはそうなんですが」

「何か企《たくら》んでんじゃないか？」

「それはないと思います」

はっきり否定しても、水脇は納得できないというふうに鼻を呻《うな》らせる。

「逆恨みされてるかも分からんぞ」

「大丈夫ですって」

「ちゃんと身の回り、気ぃ付けろ」

「まあ、はい」

数瞬、会話が途切れた後、

「だがまあ驚いた。携帯二度見しちまったよ」

水脇の声から角が取れる。

「ほんとに、急にすみません。仕事中でしたよね」

「別に、管理職は暇だから」

「ああ、副店長就任、おめでとうございます」

「んだよ、知ってんのか」

声が拍子抜けしている。介護を理由に警察を辞めた後、水脇は地元のスーパーに勤めている。

「上司から聞いたので」

青柿はちょくちょく水脇とやりとりをしており、そこで得た水脇に関する最新情報は半自動的に徹にまで流れてくる。

「お前のこともよく聞いてるよ。使える部下だとさ」

「それは光栄です」

「出川《でがわ》さんは元気か」

「ええ。最後に会ったのは四、五カ月前ですが」

「赤坂《あかさか》かどっかの交番だったっけ」

「赤坂見附《みつけ》です」

三年前に警視庁捜査三課を定年退職した出川は、すぐに交番相談員として再就職を果たした。出川が刑事に推薦したのが水脇で、水脇が刑事に推薦したのが青柿。つまり青柿は出川の弟子の弟子にあたる。徹は師弟関係からは漏れているものの、水脇経由で親しくしている。

「ちょっと俺は意外だった」

水脇は言った。

「そんなに警察に未練があるような感じじゃなかったろ」

「確かに。てっきり隠居して読書三昧《ざんまい》かと思ってました」

刑事ほど読書に向かない職業はないというのが、出川の口癖の一つだった。

ふと、水脇には未練がなかったのかと聞きたくなった。少し考えてやめにした。

「んじゃあまあ、そろそろ、俺戻るわ」

「分かりました。じゃあまた、近いうちに」

徹の社交辞令を水脇は鼻で笑って、

「何年後になることやら」

「確かに」

「んじゃ、またな」

電話が切れ、部屋は無音に戻った。

3

意外にも街に飛行機の気配はない。

羽田《はねだ》空港方面への車の流れに逆らうようにして徹は歩いていた。曇りといっても蒸し暑い。額の汗を手の甲でぬぐう。

大通りから脇道に入り、こみいった路地を抜けると、トラックが五台、行儀よく止まっているのが見えてきた。横腹にはいずれも「KUROBEUNSO」と青字が刻まれている。

事務所と思《おぼ》しき二階建てのプレハブには呼び鈴がなかったので、一階のドアを叩く。待っていましたとばかりに扉が開いた。

「あんたが刑事さん?」

人の良さそうな中年の男は随分と日に焼けている。

「社長の黒部《くろべ》です。どうぞ、入って入って」

中は案外きれいで整頓《せいとん》もされていた。パソコン付きのデスクが四つ部屋の中央に寄り集まっていて、事務員が一人、黙々とキーボードを叩いている。壁に設置されているホワイトボードにはドライバーのネームプレートが並び、その下に届先の住所や荷物の内容、到着／帰着予定時刻などが記されている。

「こっちこっち、もう坂佐井《さかさい》さんもいてはりますから」

応接室とは名ばかりの、事務所とは薄い仕切りを隔てただけのスペースには、初老の小柄な女性が腰かけていた。

坂佐井三枝《みつえ》だった。

＊

水脇と話してから、すぐに稔に電話を掛けた。引き受けられないとはっきり告げた。

分かりましたと言いつつ、稔は食い下がった。光彦の保護司だった坂佐井と、光彦の元勤務先の社長の黒部、この二人の話だけでも聞いてはくれないかと言うのだ。

どういうわけか断りの言葉が喉元《のどもと》で詰まった。勢いに押されて承諾してしまうまでは時間の問題だった。

水脇に相談までしたのに、一体全体何をやっているのだろう。自分で自分に呆れてしまう。

「いや、稔さんに刑事さんのお知り合いがいるなんて知りませんでしたわ。警視庁捜査一課てほんまに実在するんですなぁ」

徹の気も知らずに、黒部は名刺を様々な確度から観察している。紺色の制服の胸元には、髪色と同じ黄土色の刺繍《ししゅう》で、やはり「KUROBEUNSO」とある。

「光彦くんの事件の時は、捜査に参加されてなかったんですか」

受け取った名刺をていねいにしまった坂佐井が尋ねる。

「その時はまだ捜査一課ではなかったので」

嘘ではないし、話をややこしくする必要もない。

「稔さんや菊子さんの、光彦くんが冤罪ではないかというお話については、どうお考えですか」

黒部と違い、坂佐井には世間話をする気がないらしい。

「可能性はゼロに近いと思います。前歴、状況証拠、目撃証言。申し分ありません」

平然と徹は答える。薄く紅を引いた坂佐井の唇にわずかな力がこもる。

「おっしゃる通りなのでしょうね」

小さな息を吐いてから、坂佐井は言った。

「保護司をやって、もう二十五年になります。沢山の対象者をこれまで見てきました。そうすると、あらかた経験から分かるものなのです。この人は大丈夫、この人は危ない、この人はふりをしているだけと」

保護司の職責は、犯罪や非行に走った者が再び道を踏み外すことがないよう、その立ち直りを支えることだ。月に二、三回、保護観察の一環として対象者と面談し、生活状況を把握するとともに、相談にのったり助言をしたりする。

「刑事の勘と、よく言いますでしょう。真似をするなら、保護司の勘とでも言いましょうか。手前味噌《みそ》で恐縮ですが、この勘が外れるというのは、滅多にないのです」

「その勘が、藤池光彦の時には外れたと?」

「ええ。ニュースで光彦くんの名前を見た時は、同姓同名の他人じゃないかって本気で思いましたもの」

傍らで黒部が大袈裟《おおげさ》に頷いている。

「数日前、稔さんからの電話で今日のことを聞いて、十二年が経っても、ご家族の気持ちの整理はつかないままなんだなと思いましてね。それも無理からぬことだと思うんです」

「しかし坂佐井さん自身は、藤池光彦の冤罪は考えづらいと思われている?」

坂佐井は気後れしたような笑みを見せる。

「仕事柄、警察が優秀なことも知っていますから。それでもね、なかなか——腑《ふ》に落ちてはくれないと言いますか」

「釈然としない?」

「ええ、はい」

「それくらいね、かわいいやつだったんですわ」

自分のことを忘れてくれるなと黒部が割り込んでくる。

「みっちゃんがやったって、俺も信じたくないんです。裏切られたって思いたくない」

「なるほど。その、お二人が藤池光彦と初めて会ったのは？」

刑事の性《さが》なのか、話半分で聞くつもりだったのが、いつしか真剣になってしまっている。

「私の場合は、光彦くんが少年院を仮退院してすぐですから、二〇〇五年の年明けだと思います。ですから、あの事件の五年前になりますか」

「俺はそん年の九月か、十月やったかな」

「どういう第一印象でしたか？」

「あまり喋《しゃべ》らなかったということは、よく覚えています」

まず坂佐井が答える。

「何かやりたいことはないか、勉強か仕事だったらどっちがいいかとか聞いても、はっきりしたことは言わなくって。最初でしたから、付添人の、弁護士の笠川《かさかわ》先生もご一緒だったんですけれど、先生は、きっと罪の意識が重すぎるんだろうとおっしゃっていました」

「罪の意識？」

「ええ。言うまでもなく、それ自体はなくてはならないものです。光彦くんが犯したのは、それだけの重い罪ですから」

二件の住居侵入・窃盗と、一件の強盗強姦《ごうかん》。主犯格でなかったとはいえ、凶悪な犯行に加担したという事実は消えない。

「ただ光彦くんの場合、自分なんかが何かを望んではいけない、その資格はないと思ってしまっているような節がありました。ですから私が心配していたのは、自暴自棄になって誰かに危害を加えるみたいなことではなく、その黒い気持ちが、自分に刃《やいば》を向けることでした」

坂佐井は語る。黒部は黙って聞いている。

「ですから、なるべく外に出て、色々な人と関わってもらおうと思いました。ご家族のサポートもあることだし、いきなり仕事というのも酷ですから、高卒認定試験を目指して勉強をしながら、ボランティアという形で。色々やりました。地域の清掃、花壇の設置、チャリティーショップの店員、珍しいのだと、高校生の駅伝大会のスタッフとか。そうやって人と会って、話して、感謝の言葉をもらったりしていくうちに、光彦くんも、少しずつですけど表情が明るくなって、口数も増えていきました。それでそう、今くらいの暑い頃、初めて光彦くんが自分の希望を口にしたんです」

「それが免許ですわ」

待ち切れずに黒部が先走る。坂佐井はクスリと笑って、

「ええ。車を使った仕事がしてみたいんだと」

自動車のディーラーに勤める稔の影響で、光彦は幼い頃から車が好きだった。

光彦は熱心に教習所に通い、その年の十月に普通免許を取得した。それとほぼ同時に保護観察も終了、光彦は正式に少年院を退院する。二十歳になるまで保護観察が続くのが原則であるところ、経過順調につき継続の必要性なしと判断され、いわゆる良好措置が執られたのだ。

「それで、保護観察官の方とも相談した上で、黒部社長に声を掛けさせて頂いたんです」

「なぜ黒部運送だったんでしょう？」

「そら、うちは協力雇用主やからな」

誇らしげに黒部は鼻を鳴らす。協力雇用主とは、前科や非行歴のある人間を積極的に雇用し、その社会復帰を後押しする事業主のことを指す。

「しかし、ここは光彦さんの実家からかなり離れていますよね？」

「光彦くんは地元を離れたがっていたんです。近所や知り合いの目が気になると」

徹の意を酌んだ坂佐井が答える。

「あとは一人暮らしをしてみたいとも言っていました。実家での暮らしが少し気づまりだったようで」

「気づまり、というのは？」

「稔さんたちには、ご内密にして頂けますか」

坂佐井は声を低くする。徹は無言で承諾を示す。

「ご家族に対して、光彦くんは負い目を感じてました。自分のせいで大変な目に遭わせてしまったと。ですからご家族が優しければ優しいほど、光彦くんには辛《つら》かったんでしょう」

合わせる顔がないのに毎日、顔を合わせてしまう。光彦は距離が欲しかった。

「すぐそこのね、喜羽《きわ》荘ってとこに、みっちゃんは住んどったんです」

黒部が口を開く。

「うちに勤め始めたのが二〇〇六年の一月からやから、大体四年働いてくれたことになるんかな。そうか、もっと長い気がしてたけど、そんなもんか」

自分の言葉に黒部は頷く。

「うちに来る前科持ちはね――言うてもまあ、四、五年に一人ですが――大方、捕まる前に運転手やってたって連中なわけで、だから運転のことで何か教えるってことはないんです。でもみっちゃんは未経験。当時は道交法の改正前だったもんで、今じゃ中型取らなあかんとこ、普通免許ですぐトラック運転できたんですよ。でもだからっていきなり全任せってわけにはいかんでしょ？　だから最初は俺とマンツーマン研修。この辺りの道グルグル回らせて、慣れてきたら先輩を一人つけて近場の路線、二年目にはもう立派な戦力でしたわ」

促すまでもなく、黒部は話し続ける。

「百七十ないくらいかな、ちょっと背が小っちゃいんや。俺と頭一個分くらい違《ちご》うたかな。だから助手席からやと、ちょうどいい位置でね、褒めてやる時に、頭をわしゃわしゃってやりやすいんです。そうするとね、やめてくれって口では言うんだけど、満更でもなさそうな顔する。目ぇかけたくもなるんです」

先輩ドライバーからも可愛がられていたという。みっちゃんという愛称もベテラン社員が使い始めたのが広まったものだそうだ。

「あとはそう、俺とは煙草仲間でもあった」

胸ポケットに収まったセブンスターを黒部は指さす。

「光彦さんは黒の軽自動車を使っていましたよね」

「そう、ご両親からの就職祝いかなんかでね。よく休みの日にドライブをしてましたわ」

黒部運送の駐車場に置かせてもらっていたらしい。

「たまに妹さんが泊まりに来ることもあってね、そういう時はもう、何日も前からこう、ルンルンって言うとちゃうけど、まあ上機嫌で、それで帰りは決まって、その軽で妹さんを家まで送ってやるわけです。その他にも色々ドライブしたりして、そんな愛車で、あんなひどいこと、ほんまにしますかね？」

黒部はもどかしげに頭を掻《か》く。

「みっちゃんが強盗して逃げてっていうのが、どうも今でも想像がつかんのです」

しばらく沈黙がわだかまる。キーボードの硬い音が聞こえてくる。

「坂佐井さんが最後に光彦さんに会ったのは、いつですか？」

徹から沈黙を破った。

「二〇〇九年の十二月、黒部運送の忘年会に呼んでもらった時です。ただ、最後に話したのはもう少し後のことです」

「というと？」

「年が明けた後、一月の二十日でした。電話があったんです」

声が微《かす》かに引きつる。

「光彦くんは少年院にいる間から毎年、三件目の被害者の方――強制性交の被害を受けた方に、謝罪の手紙を出していました。その被害者の方から、初めて返信があったんです」

その短い便りには、こうあった。


――もう手紙は大丈夫です。あなたをゆるすことにしました

「今までありがとうございました、これからも頑張りますって、光彦くん泣いてました」

坂佐井が光彦と話した、それが最後だった。

それから二カ月も経たぬうちに、光彦は一連の事件と事故を引き起こし、命を落とす。

これを不可解と思う心情は、確かに理解できる。

「一番分からんのはね、どうしてまた強盗なんかしたんかってことです」

黒部がうなる。

「女遊びとかギャンブルとか、そういうのには全然興味がないんです。金に困ってたわけがない」

だとすると、光彦にとっては盗み自体が目的だったということになる。盗みがやりたくなったからやった――それが警察の結論だった。

「盗癖があったとも思えないんです。そんな気配を、私は感じたことがありません」

先回りをするように坂佐井が言うが、これも希望的観測に過ぎない。少年時代の三件の犯行を通じて、光彦が盗みの味を覚えたとしても不思議はない。だとして「また盗みをやってみたいんです」などと馬鹿正直に言うはずもないだろう。

「あとさっきも言いましたけどね、みっちゃんがあんな酷《ひど》いことするってこと自体考えられへん。動き封じるためなら、何もあんなボコボコにしなくたっていいでしょ？　百歩譲って、みっちゃんが被害者の人を恨んでたってんなら分かりますよ。でも、そうやないんでしょ？」

当然、強盗に見せかけた怨恨《えんこん》という線も警察は追っていた。しかし、被害者と光彦の間にそれらしい接点は見つかっていない。

しかし、だからおかしいとはならない。確実に動きを封じようと必要以上の暴行を働いたのかもしれないし、単純にたがが外れていたのかもしれない。あるいは、溜《た》まりに溜まったストレスを暴力という形で解放したのかもしれない。その全てかもしれない。徹自身、そういう事案を担当したことは一度や二度の話ではない。実例は腐るほどあるのだ。

それに元も子もないことを言えば、罪を犯す者に合理性を求めること自体おかしい。

警察とて馬鹿ではない。坂佐井と黒部が考えるようなことは、当然考えの内にある。

「黒部さん、事件の直前の光彦さんに、何か変わった様子はありませんでしたか」

この手の質問が来ることは、黒部も覚悟していたようだった。

「それはまあ、ないと言えば、嘘になります」

視界の隅で、坂佐井が俯《うつむ》く。

「事件の一カ月前か、もうちょっと前からやったかはよう覚えてませんが、心ここにあらずって時が、ちょこちょこあってね。仕事以外の何かを考えてるって感じで、しかもその顔が、深刻な面持ちって言うんかな。あと、バレンタインの頃かな、みんなで飲みに行ったとき、よせばいいのに珍しく飲んで、ひどい酔っぱらい方してね、自分はろくでなしやとか騒いだりとか。そん時は、遂に好きな女でもできたかって思っとりましたけど、事件の後、あれはもしかすると、これからやることを考えてたんかなあって考えたら、納得してしまったっていうか。もちろん、みっちゃんがあんな酷《ひど》いことをしでかしたなんて信じられへんとは、今でも思ってます――でもね、仮にみっちゃんが犯人やとしてもおかしくないかなあと思うこともあって、というか多分、本当のところはそうなんやろうとは、思ってます」

「私も同じです」

坂佐井が引き取るように言う。

「信じられないというのは本当です。でも事実を見ていけば、光彦くんがやったと信じるより、致し方がない」

語尾が震えていた。

「ご遺族は、私たちよりももっとそうなんだろうと思います」

ほんの微かにだが、胸が締め付けられるような感覚がした。

＊

帰りがてら、光彦がかつて住んでいたアパートに寄ることにした。

多摩川《たまがわ》の堤防から一本入った道に喜羽荘はあった。黄色いモルタルの壁にどことなく既視感があるのは、やはり家宅捜索の映像で見たことがあるからなのだろう。

警察手帳を見せて用件を伝えると、大家の横須賀《よこすか》の怪訝《けげん》な表情は神妙な面持ちに変わった。

「ありゃ、腰が低い子だったね」

しゃがれた声で横須賀は答えた。

「よくお話などされていたんですか？」

「いいや。顔見たらあいさつくらいしてたけど、大して話をしたわけじゃない」

横須賀は二階を仰ぎ見る。

「でも感じのいい子だった。善人の類《たぐい》な感じがしたんだけどね」

善人。

「事件の時は、大変だったでしょう」

「そりゃあね」

横須賀は白鬚《しろひげ》の生える顎《あご》をさすった。

「警察だカメラだ記者だってわんさか来て、寝れたもんじゃなかった」

「事件の前、何か変わったことなどはありませんでしたか？」

「さあ、よう分からん」

横須賀は徹の方に流し目をくれる。

「あの子、本当にあんなことやったんかい？」

間違いないと答えるまでに、一拍の間が必要だった。

徹は礼を言った。サンダルを引きずるようにしながら横須賀は部屋に戻っていく。その扉が閉まる音が、やけに大きく響いた。

4

事故が起きたのは、二〇一〇年二月二十八日、午前三時七分のことだった。

徹は当時、梅ヶ丘署の刑事課にいた。

＊

冷たい雨が雪に変わったのは午前一時を過ぎたあたりからだった。風はなく、勢いも大したことはなかったが、小さな雪片は固く引き締まっていて、水分をたっぷり含んだ都会にありがちな牡丹《ぼたん》雪とは一線を画していた。

「雪見酒と行きたいもんだがな」

窓をかすめる雪に、水脇が残念そうな視線を向ける。

「ビールでですか？」

からかい半分に徹は尋ねた。水脇はビールしか飲まない。

「ビールだって酒だろ」

「そろそろですね」

徹は水脇の湯呑《ゆのみ》になみなみと茶を注いだ。水脇が鼻をふかし、立ち上る湯気が揺らめく。

「まあ、今日はこれで我慢しましょう」

「余計なお世話だよ」

「風情がなくないですか」

自分の湯呑に注ぎながら言う。時刻は午前一時四十分を過ぎたところだった。

夕方から翌日早朝にまで及ぶ夜間当直では数時間の仮眠が許されている。前半分《まえはんぶん》にとる仮眠を早寝、後半分《うしろはんぶん》にとる仮眠を遅寝と呼ぶ。どちらの仮眠を選ぶかは各人が自由に選択できるというのが梅ヶ丘署の習わしだ。水脇と徹が遅寝派で、生活安全課や交通課から集められた残りの三人の当直は、今まさに早寝のクライマックスを迎えている。

「そろそろとか言うな。何かあんだよ、んなこと言うと」

水脇は不機嫌そうに茶を啜《すす》る。遅寝の長所は、夜に寝て朝に起きるという通常の生活リズムに即していること。短所は仮眠前に事件が起きたとき、睡眠時間が削られてしまうことだ。

「迷信ですよ、言霊なんて」

組んだ両手に頭を預けながら言った。

「言おうが言うまいが、起きることは起きるんです」

「出川さんの受け売りか」

「風《ふう》に言ってみました」

「どうりで底が浅い」

笑うついでに弾みをつけて立ち上がり、窓から階下を見下ろした。雨が先行したこともあり、今のところは大して積もってはいない。

席に戻りかけたとき、出し抜けに無線が響いた。

管轄ギリギリの松原《まつばら》でのコンビニ強盗発生が告げ知らされる。

「ほら、言わんこっちゃない」

水脇は得意げに不満を口にした。

仮眠室から起き出そうとする三人に後を頼み、現場へと向かった。

*

淡い雪化粧が施されても見慣れた道はなお味気ない。十分程度で到着する。店の外には救急車が一台止まっていた。中から出てきた救急隊員に話を聞くと、怪我人はたんこぶ程度で、搬送の必要はないという。

店内では、松原一丁目交番の樋山《ひやま》が額に保冷剤をあてる店員から事情を聞いていた。

「テツさん、水脇さん、お疲れ様です」

相も変わらずぽっちゃりとした身体だ。そこそこの激務だろうに、よくもこの体型を維持できるものだなと逆に感心してしまう。

「奥の更衣室で永原《ながはら》さんがマル被から事情を聞いています。高校生なので、親御さんが今こちらに向かってます。それから店長とも連絡が取れていて、すぐに向かうとのことでした」

「で、その子が店員さんを殴ったわけ？」

「いや、自分で転んだみたいです」

店員が頷く。左手で保冷剤をあてているので、腕の形が敬礼のようになっている。

「突き飛ばされたとか、そういうわけじゃなく？」

「はい。犯人はこれですよ、これ」

樋山が靴でキュッキュと音を立てる。

「つまり、滑って転んだと？」

また店員が頷く。

事の次第はこういうことだ。店員は高校生が菓子類数点をバッグに入れているのを現認。「何やってんだ」と叫び、確保しようとレジの外に出た。ところが、レジ前は解けた雪で濡れており、店員は滑って転倒。床に頭を打ちつけてしまった。怖気《おじけ》づいた高校生は観念し、みずから一一〇番通報した——

「じゃあこれ、強盗じゃねえな」

「そういうこったね。どうも雪ん中、ご苦労さんです」

ベテランの永原がのれんの奥から出てきた。

「都立東松原高校の三年生、尾田盛男《おだもりお》くん。数日前が国公立の入試だったでしょ。それがどうもう上手く行かなくて、むしゃくしゃしたらしい。身体は大きいけど、まだ子どもだね、ありゃ」

のれん越しに更衣室を覗《のぞ》く。ハンガーラックに吊《つ》るされたコンビニの制服を背に、上質な黒のコートを着たまま、尾田が身を縮こまらせている。

まもなく店長が現れ、ほぼ同時に尾田の母も到着した。経緯を説明する間に、二人のコートにへばりつく雪片が水に変わった。

「もう遅いし、この天気ですからね。明日《あした》ってか今日ですが、尾田さんたちには午後にでも署の方に来てもらって、そこで幾つか手続をさせて頂きます。よろしいですか」

水脇がまとめにかかる。事案は強盗ではなく窃盗だし、店長も代金と迷惑料を支払ってくれれば被害届は出さないと明言している。その上に初犯で反省の情もあるとなれば、少年審判すら開かれない簡易送致が相当だ。

当然お咎《とが》めなしではなく、生活安全課の誰かから訓戒を施されることになるだろうが、いずれにせよ雪の日の夜中にやることではない。仮眠明けの説教など心に届かないだろう。

「あとはまあ、お店側と尾田さんとでご相談頂くということで。また何かあれば、いつでもご相談ください」

店長が手を挙げて承諾を示すと、尾田の母は身を折るようにして頭を下げた。

「ご迷惑おかけしました」

尾田もまた、頭を垂れた。

＊

「後はこっちで、家まで送っておくから」

尾田の自宅はコンビニから徒歩で十五分ほど、永福町《えいふくちょう》駅近くの一軒家だという。署とは反対方向だが、車で行けば五分程度の距離、送り届けるのは造作もないことだ。

「永原さんは？」

「まだ中です。ついでに夜食買ってくって」

樋山が白い息で答える。

「今日は寒いでしょ、交番？」

「まじヤバいっす。灯油ストーブで何とかしのいでます」

「ちゃんと窓開けとけ。一酸化炭素中毒で死なれちゃ困るから」

「その辺は永原さんがちゃんとしてるんで」

「自分でもちゃんとしろ」

「はい。頑張ります」

それから樋山はおずおずと、

「あのよかったらまた、本部、呼んでください」

樋山は刑事志望なので、応援要員として何度か捜査本部に呼んでやっている。

「いいけどさ、この前みたいなのはもうなしな」

「すみません」

みるみるうちに樋山が萎《しお》れるわけは、前回、ペアになった別の署の刑事と揉《も》めに揉めたからだ。その刑事はサボり癖があり――業界用語で言うところのゴンゾウだった――、それに我慢がならなかったらしい。真面目なのはよいのだが、少し直情的にすぎるのはよろしくない。

「まあまた、近いうちにな。それからもう一つ」

樋山の紺色の腹を軽く叩く。

「もうちょっと身体しぼれよ？」

車に戻ると、腕を組んだ水脇が軽く睨《にら》んできた。

「遅いよ運転手」

「これは大変失礼しました」

おざなりに言いながらバックミラーに一瞥《いちべつ》をくれる。尾田親子は揃って俯いている。

「すみません、送ってまで頂いて」

走り始めてからしばらくして、尾田の母が口を開いた。

「いやいや、ついでですから」

答えるのは水脇の領分だ。

「確認ですけど、午後三時くらいにいらっしゃるということでいいですね？」

「ええ、はい」

水脇は助手席から身を乗り出して、

「盛男くんも、大丈夫かな」

「あ、はい」

尾田は小さく言った。声質はもう大人のそれなのに、言動には幼さの名残がある。

「まあね盛男くん、ちゃんとケジメが付けられて、俺は良かったと思うよ」

首を後ろに向けたまま水脇は続けた。

「逃げちゃってたら、今頃、もっと不安だったろ。もし捕まったらどうしよう、もし家族や友達にバレちゃったらどうしようって。俺の経験上よ、そういう、もしかしたら、もしかしたらっていう宙ぶらりんの状態が、一番こたえるんだ」

出川なら、可能性は不安を生む、とか言うだろうか。

「だから今日のこと、ちゃんと見つかったことは幸運だったと思って、自分でも、しっかり反省して、また署に来てください」

まもなく車は尾田家に着いた。

雪の中、親子はまた深く頭を下げた。

*

「訓戒はさっきので十分じゃないですか」

甲州《こうしゅう》街道に入ったところで徹は口を開く。

「んなこたあない」

サイドミラーの方に首を傾けながら水脇は答えた。

「生安課の連中にきっちりしめてもらわないと」

「蛇足になりませんかね」

「馬鹿言え」

赤信号に引っ掛かった。前には人も車もいない。道交法を守らずとも何ら実害はないだろうなんてことを考えてみたりする。

「ああいう大人になりかけみたいなのが、一番危ない」

水脇はひとりごちた。ワイパーが届かない死角に溜まる雪が気になって、相槌《あいづち》を打つタイミングを逃した。しばらく無言が続いた。

大原《おおはら》の交差点を右折し、環状七号線に入った時だった。突然水脇が身体を起こし、後方を振り返った。

「後ろの、怪しいな」

黒の軽自動車だった。

甲州街道を走っていた時から後ろにいたが、徹は気に留めていなかった。だが言われてみれば、わずかに車体が左右に揺れている。心持ちスピードも安定しない。そうした細かい所作に、運転者の落ち着かない心が表れているようにも見える。

水脇の勘はそう外れない。

「止めるぞ」

「はい」

車両上部に警光灯を取りつけ、サイレンを鳴らす。水脇が拡声器を使って道路の左端に誘導する。軽は大人しく従い、パトカーの後ろに停車した。数メートルの間隔があったので、逃走防止のため少しバックし、車間距離を数十センチまで狭めてからドアを開けた。外気と車内の凄《すさ》まじい温度差にめまいがする。先に降りた水脇が運転席のガラスを叩く。半分くらい開いた窓から充血した目がのぞいた。

「何ですか」

若い男だ。声、表情、仕草、その全てに露骨な警戒感が漂っている。深夜ラジオのパーソナリティの場違いな笑声が響く。

「こんな時にすみませんね。こんな天気で、しかも夜中ですから、交通ルールをちゃんと守ってもらわなきゃ危ないってことで、皆さんに協力してもらってるんですよ」

男は全身黒ずくめで、顎を覆うマスクさえ黒い。男が何を語らずとも、夜闇に紛れようという狙いは一目瞭然《りょうぜん》だった。水脇も内心、当たりだと思っているに違いない。

「ああほら、やっぱこれノーマルでしょ?」

しゃがんだ水脇はタイヤをペシペシ叩く。

「――ダメでした?」

「そりゃダメだよ。立派な法令違反よ？」

反則金っていくらだっけかと呟《つぶや》きながら水脇は立ち上がり、

「あ、エンジン止めてもらえます？」

道交法まわりの知識が抜けようと、水脇は抜かりない。

「――エンジンですか」

「うん、エンジン」

男は乱暴な手つきでエンジンキーを回した。

「免許証、見せて頂けますか」

素直に免許が差し出される。

「藤池光彦さん、二十三歳ね」

名前を読み上げた水脇は、自分が照会するという目配せを徹に寄越《よこ》した。徹は左手で合図をし、光彦に向き直った。

「梅ヶ丘署刑事課の松野です。お仕事帰りですか？」

「ええ、まぁ」

「こんな日に遅くまで、ご苦労様です」

言いながら車内をざっと見回す。助手席には焦げ茶色の大きめのバッグと黒の手袋がある。

「お仕事というのは？」

「配送です」

「配送？　トラックとか？」

「一応、はい」

「それは大変でしょう」

「まあ、そんな、大したもんじゃ」

「ちなみに何という会社で？」

一拍、間があった。

「黒部運送というところです」

「その会社は、どちらに？」

右手の人差し指がハンドルを叩き始める。

「調布《ちょうふ》の方です」

嘘くさいと思ったが、それよりも気になることがある。

「右手、どうされました？」

「え？」

「ほら、骨の出っ張りのとこ。真っ赤ですよ」

まるで、何かを激しく殴打した後のように。

「――ちょっと、ぶつけただけです」

「そこにあるバッグの中、見せて頂けますか？」

「バッグですか」

「ええ」

「えっと――」

「テツ」

戻って来た水脇が徹に耳打ちする。

「ビンゴだ。少年院に入ってた前《マエ》がある。窃盗、住居侵入、きわめつきに強盗強姦」

思わず水脇の目を見る。確信したといった様子で、二度、三度と水脇が頷く。

背後でエンジン音が唸《うな》ったのは、あとはどう引っ張るかだと思った瞬間だった。

振り向けば、光彦の車はもう動き出していた。

鈍い衝突音がした。押しのけられた捜査車両が雪上を滑った。左のフロントライトにひびを入れながらも、軽は構わず強引に向きを変え、徹と水脇の方に突っこんで来た。

半ば本能的に身をかわした。

「おい！」

水脇が倒れこみながら怒号を飛ばす。雪の幕にはね返された街灯の光が、光彦の顔を刹那《せつな》の間、浮かび上がらせる。

表情を歪《ゆが》ませながら、光彦は前だけを見ていた。

すぐに立ち上がって車の状態を見る。多少へこんでいるが、これで動かなくなるほど警察の車はやわじゃない。追尾は十分に可能と判断する。

雪片をはたきながら運転席に飛び込む。水脇も同時だ。

フロントガラスの奥に、まだ軽の姿が見える。

徹はエンジンをふかせた。

無線を手に取る。応援要請の典型文が口を衝《つ》く。拡声器を通した水脇の呼びかけがサイレンと張り合う。

今ここで確保しなければならない。

逃走を許せば証拠を隠滅されてしまうというのもある。でもそれだけではない。赤く腫れあがった拳は暴力を示唆している。この強引な逃走に光彦の前歴を併せ考えれば、九分九厘被害者がいる。ことによると一刻を争うかもしれない。

アクセルに力を込める。

ついさっきまで豆粒ほどの大きさだった軽自動車がじわじわと大きく見えてくる。大した速度が出ていない。恐らくはノーマルタイヤだからだ。雪路で速度を上げるのは危険だという合理的な恐怖が間違いなく歯止めになっている。

だがスタッドレスタイヤを装備した捜査車両なら、まだ速度を上げられる。

赤い光が降りしきる雪を照らす。

もう一段深く、アクセルを踏み込む。

速度計の針が滑らかに右へと傾き、あっという間に目視三十メートルに近づいた。莉帆の好きなアニメキャラクターのステッカーが、軽のリアガラスの右隅に貼ってあるのが見えるくらいには近かった。

この距離を保ちたい。そう考えたのも束の間だった。

突如として光彦の車があり得ない速度で前進した。

ものの数秒のうちに、光彦の車体が再び遠のいていく。明らかに速度が出すぎていた。

腹の底を冷たい手で鷲掴《わしづか》みにされたみたいだった。

「おい、スピード落とせ！」

水脇の叫びもむなしく、軽の車体はやがて、不規則に揺れた。

今回のそれは、水脇が見とがめた時のような、光彦の心の揺れの反映ではない。運転手によるコントロールを拒む、どこまでも非人間的な揺れだ。

光彦の車のタイヤが道路を掴み損ねて、空回りするのが分かった。

スリップだ。

いつしか交差点が目の前に迫っている。

右手から、青信号に従って直進しようとするワンボックスカーが見える。

まるで何かの糸で結びつけられているかのように、二台は引き寄せられる。

サイレンさえ打ち消す凄まじい衝突音が轟《とどろ》いた。

撥《は》ね飛ばされた軽は宙を舞い、横転した。制御を失ったワンボックスカーはガードレールに突っ込んだ。金属がひしゃげる音がした。

二人して車を飛び出し、ワンボックスカーの方に走った。積もった雪の中に紛れるようにして散らばった細かなガラスが靴の底で嫌な音を立てた。

いくら大声で呼びかけても返事はない。側面も正面も中心に押し込められるようにして大破している。

後部座席のひび割れた窓から中の様子を見た。

二つの小さな身体が、無造作に放置されたぬいぐるみのように、後部座席の上に落ちていた。息の仕方が分からなくなった。

変形したサイドドアを闇雲に引っ張る。びくともしない。反対側のドアはかろうじて原形を保っていたが、やはり動かない。

正面に回り込んだ。フロントガラスは亀裂《きれつ》で白濁していた。それでも、運転席の女性と助手席の男性が、シートと車体の間に挟まれていることは容易に見てとれた。

二人が再び動き出す気配は微塵《みじん》もない。

「おい、テツ！」

水脇の声が闇を切り裂いた。

振り返った。横倒しになった軽から、火の手が上がっていた。

炎は瞬く間に車体を包み込む。

赤と白と黒だけが、目の前にあった。

＊

交差点から警視庁本部に移動する間も、緊急の監察官聴取を受けた時も、徹には妙な冷静さが宿っていた。現実にしてはあまりに非現実的だったからだろう。

聴取を終え、自宅待機を命じられた。外に出る。雲のあわいから覗く朝日に、雨雪に濡れた路面が輝いている。

千代田《ちよだ》線に乗った。ラッシュの時間帯で座れなかった。徹の隣に来た女性がワンセグを見ていた。雪の報道だった。今日二月二十八日は快晴で、わずかばかり積もった雪も早々にとけきるだろうと解説されていた。

間も無く、次のニュースになった。画面下に太字のテロップが出た。

警察車両絡む事故、子ども二人を含む五名死亡。

宮前橋交差点を上空から撮影した映像が続いた。黒く焦げ大破した光彦の車を、レッカー車が移動させようとしていた。

身体の芯が冷えていくのが分かる。

あの時、たとえ一瞬でも、光彦から注意を逸らさなければ。

いや、その後、無理をして追うような真似をしなければ。

滑る吊革《つりかわ》を握りしめる。

家に着く。玄関を開けると、妻と莉帆がいた。「大丈夫?」と莉帆は声をかけてくれた。胸が詰まった。

なのに、二人のまなざしを真正面から受け止めることができなかった。自分はそんな労《いた》わりに値しない。そう思えてならなかった。

莉帆に何と返したかは覚えていない。気付けば自分の部屋にいた。

＊

事故で死亡したのは、軽自動車を運転していた藤池光彦、ワンボックスカーに乗っていた伊《い》地《ち》知《じ》和也《かずや》、数子《かずこ》、良子《りょうこ》、巧《たくみ》の五名。良子は小学二年生、巧は五歳だった。二人とも、シートベルトを締めていなかった。

＊

報道は多分にセンセーショナルだった。

事故の凄惨《せいさん》さもあって、当初は警察に批判的な向きもあった。追跡が事故に繋《つな》がったというのは結果論だという意見に対し、朝の情報番組の名物コメンテーター荒崎六郎《あらさきろくろう》が「結果論は結果論でも結果が結果じゃないですか」と発言し、賛否を呼んだ。

風向きが変わり始めたのは事故二日後。大手全国紙の一つが、事故直前に発生した強盗致傷事件の被疑者として藤池光彦の名が挙がっていると報じたからである。

被害者は安念喜吉《あんねんきよし》。京王線仙川駅から徒歩十数分の一軒家で一人暮らしをしていた、当時六十歳の男性だった。二月二十八日深夜、何者かが窓ガラスを破って安念家に侵入。既に就寝していた安念に暴行を加えた上で、現金約八十万円を奪って逃走した。

世間を震撼《しんかん》させたのは、安念に対して振るわれた苛烈《かれつ》な暴力だった。顔面は腫れあがり、前歯は砕け、肋骨《ろっこつ》も折れ、睾丸《こうがん》や男性器も激しく損傷、内臓にも傷がついていた。犯人逃走後も拘束を解かれなかった安念は身動き一つできず、居間の窓が割れていることに隣人が気付かなければ、そのまま衰弱死していたかも分からない。

報道の時点で直接的な証拠が見つかっていたわけではない。しかし、状況証拠はできすぎなくらいに揃っていた。

光彦の実家が被害者宅から徒歩十五分の場所にあり、光彦が犯行現場周辺に土地勘を持っているであろうと推察されたこと。

職務質問時の態度、服装。とりわけ、右手の甲を赤く腫らしていたこと。

窃盗、住居侵入、強盗強姦の前歴があること。

徹と水脇から職務質問を受けた地点が、安念の自宅と光彦の自宅アパートを繋ぐ最短ルート上にあったこと。職務質問の時刻と推定犯行時刻が符合すること。

職務質問から逃亡したこと。

捜査本部は仙川《せんかわ》署に設置された。青柿や樋山を始めとして、隣接する梅ヶ丘署からも応援要員が派遣された。

もちろん、水脇と徹を除いて。

もっとも、決定的な証拠が現れるまでには相応の時間を要した。

安念は犯人の顔を視認しておらず、光彦が盗み出したはずの現金類も焼失してしまっていた。現場には指紋はおろか髪の毛一本残されていなかった。

光彦の自宅アパートからも手掛かりは出てこない。安念宅周辺には防犯カメラが少なく、めぼしい映像も発見できない。

雪の日の深夜ということも災いし、近隣住民の証言にも碌なものがなかった。深夜に車の走行音を聞いたと証言する者が何人かいたが、時間帯がはっきりせず、証明力に乏しかった。

事件から一週間が過ぎても捜査に進展がない。すると光彦や藤池家の糾弾に勤《いそ》しんでいた報道の風向きが、また微妙に変わり始める。結果論発言で話題をさらった荒崎六郎を皮切りに、このまま証拠が出て来なかったらどうするつもりなのか、そもそも追跡行為の妥当性についても吟味されてしかるべきではないかという論調が勢いを持った。息子は更生を果たしたはず、現に証拠は何一つ見つかっていない――連日の取材に対し菊子がそう訴え続けていたことも、ここにきて意味を持ち始めた。ネット上でも、事故が起きたのは警察の深追いのせい、警察こそ人殺しという声が日に日に増していった。どういうわけか徹や水脇の名前や住所も漏れ、三流週刊誌の記者が徹の家の周りをうろつき始めた。

しかし、一週間で送検に至らなかったからと捜査の難航を叫ぶことは、警察の捜査に対する無知を曝《さら》け出すも同然だ。相場観として、捜査本部の立ち上げから三週間を超えるようなら長期化と呼べようが、一週間で捜査が終了しないのはむしろ普通のことだ。

血の気が多い樋山が仙川署の捜査員を殴って停職を喰《く》らうという騒動もありはしたが、結局のところ、解決はあっけないものだった。事件から二週間あまりが過ぎた三月十五日、ある目撃証言が寄せられたのだ。

＊

証言者は犯行現場から六百メートルほど離れたアパートの住人、大和海《やまとかい》だった。事件があった二月二十八日深夜、大和は雪の街へ散歩に出た。なかなか寝付けず、気分転換がてら、物珍しい雪景色を拝みたくなったのだという。

午前二時十分頃、大和は現場近くを通りかかった。安念宅の前には黒の自動車が止まっていたが、特段気に留めることなく歩き去った——

黒の車など世の中にはごまんとある。もし大和の証言がこれだけだったなら、極めて有力な手掛かりではあるにせよ、大和が目にしたという車が光彦の車両であるとまでは断定できず、送検には至らなかっただろう。

だが、大和の証言には続きがあった。自分が見た車の後ろには、アニメキャラクターのマル、トンのステッカーが貼ってあったというのだ。

「マルーン」とは、愛らしくも勇ましき白玉であるマルーンが和菓子大戦争の終結に邁進《まいしん》するアニメシリーズだ。可愛らしいキャラクターデザインが子どもから絶大な支持を集める一方、寓話《ぐうわ》的なストーリーが大人たちの関心を引き、大きな反響を呼んだ。二〇〇一年に第一シーズン、二〇〇五年に第二シーズン、二〇〇八年に第三シーズンが放送され、今なお根強い人気を誇っている。

そのマルーンのステッカーがリアガラスに貼付されていた——現場の捜査員すら知らない情報だった。捜査車両に搭載されていたドライブレコーダーで捉《とら》えきれる大きさではなかったし、徹も水脇も、事故直後の聴取ではステッカーのことを話していなかった。現実離れした最悪が連鎖する中で、リアガラスの隅にあったマルーンの存在感はあまりに希薄だった。捜査本部から確認を受けるまで、二人してその存在を忘れかけていたのだ。

初動捜査段階では大和は聞き込みの対象となっていなかった。有力な証言が得られないことを憂慮し、地取り捜査の範囲を拡大したことが功を奏したと言えるだろう。

徹や水脇のみならず菊子や稔も、光彦の車両には確かにマルーンのステッカーが貼られていたと認めた。

冤罪の可能性という微かな炎は、こうして完全に吹き消された。

大和の証言からわずか三日後の三月十八日。捜査本部は事件の送致——俗に言う書類送検——に踏み切った。

＊

徹を責める声は、それからめっきり減った。家族も同僚も徹をいたわり、気遣った。もっとも莉帆には、自分が悪くないことでクヨクヨするなんておかしいと怒られることもあったが。

伊地知家の唯一の遺族である伊地知佐市郎《さいちろう》――数子の父、良子と巧の祖父――は、頑《かたく》なに沈黙を貫いたままでいる。

菊子と稔が起こした裁判にしても、法の上で問われたのは国家の責任で、徹の責任ではない。仮に敗訴したとしても賠償責任を負うのは国だから、徹が背負うべき債務は存在しない。そう聞かされた時の違和感は、今も胸にこびりついている。

結局、裁判は国側の勝訴に終わった。

＊

多摩川は灰色によどんでいる。

眼前の高速大師橋には車が詰まっていて、一向に動き出す気配がない。その向こうに視線を飛ばすと、ちょうど旅客機が飛び立つところだった。何となく目で追ってみるものの、十秒もかからず、分厚い入道雲の中に消えていった。

「いつか家族で海外旅行に行くのが夢だって、光彦くんは言ってました」

帰りがけの坂佐井の言葉が脳裏をよぎる。

「その時は飛行機もホテルも、全部自分が出すって。そのためにって貯金してました」

その望みを叶える前に光彦は命を落とすことになる。

あの夜のアクセルの感触が唐突に蘇る。脂汗が滲み、脈拍が速まるのが分かる。ゆっくり深呼吸をし、心を強いて落ち着かせる。

自分の判断が間違っていたとは思わない。水脇が言ってくれるように、自分に罪があるわけではないのかもしれない。

だとしてもあの時、アクセルを踏み込んだ瞬間、誰一人命を落とさなかったはずの別の未来を手放してしまったという事実が変わるわけではない。

背後をレッカー車が通り過ぎる。欄干にわずかな振動が走る。

いい加減、答えを出さなくてはいけない。

「松野です」

電話はすぐに繋がった。

「今しがた、黒部さんと坂佐井さんから話を聞いたところです」

「それは、ありがとうございました」

稔の声は沈み気味だ。

「今回は無理を言って、本当にすみませんでした。松野さんの気持ちも考えずに、申し訳なかったと思っています」

「お気になさらないでください。お受けしたのは私ですから」

徹は言った。

「おかげで、踏ん切りがつきました」

しばらく、無言の幕が下りた。

「ずっと、気持ちの整理がつかないというか、こんがらがったままなんです」

稔は黙っている。

「自分にも、ああなったことの責任みたいなものがあるんじゃないかって、ずっと、考えてきたんです」

あなたは悪くない。罪の意識を感じる必要はない。そう言ってもらえること自体はありがたかった。

それでも、どうしても考えてしまう。あの時、もし光彦を追わなかったら。アクセルを踏み込まなかったら。きっとああはならなかっただろう。全員が無事で済んだだろう。

全て、結果論かもしれない。でも結果は結果だ。結果が結果なのだ。

「何かしなければいけないいんじゃないかって、ずっと、思ってきたんです」

自分を声高に責め立てる者がいた方が、むしろ気が楽だったかもしれない。そんな馬鹿げたことを考えることすらあった。非難に耳を傾けさえすれば、簡単に痛みを味わい、報いを受けることができるのだから。

でも、徹を責めようとする者はもういない。

本当に何もしなくてもよいのか。そう問うのは自分だけだった。明確な答えが見つからないままに十二年が過ぎた。

「だから、自分に何かできることがあるのなら、力になりたいと思うんです」

今、目の前に、できることがある。稔や菊子の収まりがつかない気持ちを、自分なら受け止めることができる。

「私は、光彦さんは有罪だと思っています。調べ直したとしても、その結論が変わるとは思いません。できることにも限りがあります」

渋滞が動き出す。遠く、次の飛行機が離陸していく。

「でも――それでもよろしければ、引き受けさせて頂けませんか」

5

アイスコーヒーをストローでかき混ぜると、氷がグラスにぶつかる涼しい音が立つ。それに引き続くようにして、ドアベルが軽やかに鳴った。

菊子と稔だ。

立ち上がり、手を挙げる。店は思ったよりも縦に長く、菊子が杖を使っているということもあって、二人が徹のテーブルに来るまで十数秒かかった。話が周りに聞こえない方がよいかと奥の席にしたのだが、手前にすべきだったかもしれない。

二人が座るタイミングを見計らって、気の利いた店員が水を持ってくる。菊子の意向を目で確かめた稔が、アイスコーヒーを二つ注文した。

「暑い中お呼び立てしてしてしまって、すみません」

「とんでもない。最低限の礼儀です」

菊子は額の汗をハンカチで拭いながら言った。こちらから出向くつもりだったのだが、今度は自分たちが馳せ参じると、二人は聞かなかった。

「お力添え頂けると夫から聞いて、正直、驚きました。こんな突拍子もないお願いなのに、何と御礼を言ったらいいか」

「お気になさらず」

そう言いつつ、突拍子もないというのは確かにそうかもしれないと思う。そんな依頼を引き受けるという自分の選択が普通ではないことも間違いない。勝手に動いてしまう身体に、理屈がついていけていないような感覚だった。

「それでその、どうやって話すのがいいんでしょう」

アイスコーヒーが来てから、稔が尋ねた。今日の目的は二人から光彦の話を聞くことにある。

「ご自由にというのでは、逆に難しいですか？」

「いや、話がまとまらないで、しっちゃかめっちゃかになっちゃうとまずいかなと」

「そこは大丈夫です。一応、その道のプロではあるので」

軽口を叩くと、二人は笑ってくれた。

「もし何かしら軸があった方がよいのであれば、時系列に沿って話すのがやりやすいとは思います。ただ、どのような形になっても、話したいように話して頂ければ」

「分かりました。頑張ってみます」

稔は菊子の方を見やる。菊子が頷く。

二人の話が、始まった。

*

一九八六年五月十三日の未明。藤池光彦はこの世に生を受けた。

小さな頃から引っ込み思案で、外で遊びたがらなかった。車好きが高じてディーラー勤めをしていた稔に影響されてか、ミニカーを熱心に集めては遊ぶのが好きだった。

小学生の時の背丈は中くらい。やや病気がちで、月に一度は風邪を引き、季節性インフルエンザには狙ったように必ず感染した。

「勉強も運動も、あまり得意な方じゃありませんで。学校を嫌がりはしませんでしたが、できることなら家でじっとしてたいっていう性質《たち》で、ですから友達が多い感じでもなく。誰かのところに遊びに行ったり、誰かが遊びに来たりとか、そういうこともからっきしで」

稔は述懐する。

「ひとことで言えば、不器用な子でした。口下手だし、要領のいいタイプじゃないというか、真面目に勉強していても、テストでは必ずずっこける、そういう感じで。ただ手先だけはめっぽう器用で、裁縫とかが上手いんです。家庭科の成績だけはいっつもよかった」

一九九五年七月一日。九歳になったばかりの光彦に妹が生まれた。菊子は言う。

「光彦は凜香が可愛くて仕方なかったみたいで、色々、世話を焼いてくれました。だから凜香の方もよくなつくわけです」

一九九九年に地元の公立中に進学。校風は体育会気質で、運動部に入ることが暗黙の掟《おきて》になっていた。夏や冬に外に出る必要がなく、運動量も割合に少ないという消極的な理由から、光彦はバレー部を選んだ。ところがこれが思いのほか楽しかったらしい。バレー部は弱小で、だからこそアットホームな雰囲気があった。真面目に練習を続けた甲斐《かい》があり、三年生ではレギュラーとして試合に参加した。

二〇〇二年、やはり地元の仙代《せんだい》高校に進学。そこでも迷わずバレー部に入部する。

だがこの頃から、光彦の様子が少しずつ変わっていく。

「まず、勉強の方でつまずきまして」

稔が言う。

「今まで中の下くらいで粘ってたのが、一学期の中間テストから早速思わしくなく。当人も焦ったんでしょう、期末テストの前はよく勉強してましたが、それでも赤点。夏休みも一週間補習で潰《つぶ》れたように記憶しています」

部活の方もうまくいかない。仙代高校バレー部はそこそこの強豪で、光彦の運動神経ではレギュラーの壁は高すぎた。普段の活動が楽しければ慰めもあるが、練習は過酷で、中学の時の和気あいあいとしたムードはどこにもない。その代わりにあるのは学年間のヒエラルキーと殺伐とした能力主義だった。お世辞にも優秀なプレイヤーとはいえない光彦は、いつしかコートの整備や球拾いなど雑用ばかりを押しつけられるようになった。

「二学期の中間テストの後、初めて、学校に行きたくないと言い始めまして。その時は何とか説得したんですが、ただもしかすると、それがよくなかったのかもしれない。休ませるとか、もっと話を聞いてやるとか、そういう風にしてたら、また違ってたのかもしれません」

二学期の後半頃から、少しずつ帰りの遅い日が増えていった。どうしてと聞くと、友達と遊んでいたという答えが返ってくる。二人はそれ以上立ち入ろうとはしなかった。

そして、何とか二年生に進学してから約一カ月が経った、五月二十日。仙川署から光彦が自首をしてきたとの連絡が入る。罪状は二件の住居侵入・窃盗、そして一件の強盗強姦。

まさに青天の霹靂《へきれき》だった。

いずれの犯行も、仙代高校三年の高地《たかち》と園木《そのき》との共犯。両名ともバレー部に籍を置いてはいたが、活動からはとうにドロップアウトしていた。バレー部をサボり、書店やゲームセンターで時間を潰すようになった光彦は、元からつるんでいた高地と園木に目をつけられ、使いっ走りをさせられるようになったようだ。三件の犯行の前にも何度か万引きや置き引きをやらされたらしい。光彦の自首により、この二人も芋づる式に逮捕されたのは言うまでもない。

穏によれば、逮捕後の初めての面会は少年鑑別所だった。

「真っ暗な顔でね。こっちが何を言っても、ごめんって言うだけで。全部を諦《あきら》めてしまったみたいに見えました。それで——自分本位だとは分かってはいたんですけど——光彦がやったことに対する怒りとか、被害者の方への申し訳なさとか、そういう気持ちより、なんで気付けなかったのかという、後悔というか、ふがいなさというか、そういう感情が先でした」

「私の場合、そもそもまず、信じられなくて」

菊子の声の冷徹さにゾクリとする。

「はっきり言って、もう自分の子どもと認めたくないとすら、思ったんです。女の子を汚す手伝いをするなんて、人の道に外れた行為です。だから、親として、この子を支えなきゃとか、助けてあげなきゃとか、そういう風には、とても、すぐには思えませんよ」

女の子を汚すというのは菊子なりの婉曲《えんきょく》表現なのだろう。汚すという言葉を使うことが適当だとは全く思えなかったが、敢えて口をはさみはしない。

逮捕後、対応に奔走したのは弁護士の笠川清《きよし》だ。少年事件一筋三十年の大ベテランは、光彦と面会を重ねながらも被害者側の代理人とも密に交渉し、何とか示談を整えた。

しかし示談金は総計六百万円。預貯金だけでは足りなかった。金銭を融通してくれないかと、恥をしのんで親族や友人に頭を下げて回り、なんとか工面した。

しかし、加害者の家族の味わう辛苦は、金銭面に尽きるものではない。

事件は相応に報道され、少年法に守られて実名こそ公表されなかったものの、光彦が犯人の一人であることは近隣住民にとり周知の事実となった。外を歩くだけで肩身が狭く、落書きや投石も――菊子は「後のに比べればマシでした」と言うが――頻繁にあった。

稔は自宅から遠く離れた朝霞《あさか》の販売店への転勤を命じられた。犯罪者の親が働いている店で車を買いたくないというクレーム電話が入ったらしい。朝霞店では他の社員からの白眼視に曝された。それでも辞めさせられないだけありがたいと、自分を納得させるしかなかった。

小学二年生だった凜香は、同級生からいじめを受けるようになった。

「ランドセルは光彦のおさがりのね、黒のランドセルを使ってたんです。女の子だから、赤の可愛いランドセルとか、新しいの買ってあげるって言っても、これがいいって聞かなくって。そのランドセルに、ひどい汚れをつけて帰って来たことがありました」

菊子の声がひび割れる。

「チョークのカスをかけられて擦《こす》られたんだと言うんです。それから泣きもせずに、黙って拭くんです。何回やられても、その度にきれいにして」

目尻ににじむ涙には、どれほどの感情が溶けこんでいるのだろう。悔しさや、やるせなさといった言葉を並べるだけでは、その思いを捉えきることなど到底できやしない。だからせめて、いじめのことを学校に相談しなかったのかと尋ねるのはやめにした。

逮捕から約二カ月。家庭裁判所での少年審判を経て、光彦は少年院に送致される。

未成年なら少年法に守られて罰を受けずに済むというのは誤解に過ぎない。保護観察や少年院送致より刑事処分が相当だと認められれば、それこそ高地や園木のように、刑事裁判を受けて実刑に服することになる。

これと比べると、光彦の少年院送致はかなり寛大な処分と言える。自首をするなど、本人に深い反省の情があること、家庭環境に問題がないこと、主犯格は高地や園木であることが斟酌《しんしゃく》された結果だろう。

約一年半の少年院生活を光彦は素行良好に過ごし、仮退院を果たす。

「出てきてからのことは、もうお聞きになりましたよね?」

菊子はすがるような声を出す。

「坂佐井さん、黒部さん、それに笠川先生のおかげで、一歩ずつ、一歩ずつ、あの子は前を向き始めてたんです」

「ちなみに笠川先生というのは、現在は?」

ずっと気にかかっていたことを尋ねる。

「あの事故の前に、亡くなられました」

稔は声を落とす。二〇〇九年の梅雨時のことだったという。

「三人で葬儀に行ったらね、すごい人なんです。光彦と同じようにして、笠川先生にお世話になった人たちでいっぱい。それを見てね、光彦はきっと、こんなに沢山やり直せた人がいるんだから自分だってと、そう思ったはずなんです」

そして二〇一〇年一月二十日。三件目の被害者から光彦のもとへ、赦しの手紙が届く。

電話口で泣きながら、光彦はこう言った。

——一応は、やるべきことをさ、果たせたことになるのかな
「あれがあるから、私、私たち、どうしても、納得できないんです」

迫るように菊子は言った。

「あの子が、光彦が、あれからすぐにあんなことするなんて、ありえないんです」

＊

駅まで見送る頃には夕日が沈みかけていた。

「本当に、ありがとうございました」

改札の前で、菊子は稔に支えられながら身を折った。浮かぶ笑みには疲れの影がある。もう少し早く切り上げるべきだったかもしれない。

「もし、何か分かるようなことがあったら、その時は、連絡を頂けますか」

菊子は小さな笑みをほころばせる。それが稔にも伝播する。

「もちろん、何も分からなくっても。それまでは頑張って、生きてるようにしますから」

いくら調べたところで、冤罪の可能性はないという結論が揺らぐことはないだろう。ありえ

ないという五文字に込められた願いが、ついぞ叶うことはない。
それでも、やる価値はある。そう思った。

6

翌日。勤務を終え、簡単な夕食を済ませてから、東武東上線の大山《おおやま》駅に向かった。

午後七時過ぎに着いた。南口改札の外はアーケード商店街だった。地図アプリに指示されるままに、にぎやかな人波をかわす。飲食店、スーパー、惣菜《そうざい》屋、書店、ジム、薬局、カラオケと何でもそろっている。池袋《いけぶくろ》に出るまでもなく生活が完結してしまいそうだ。

緩やかな弧を描くガラス張りの天井は黒に染まっている。アーケードは緩やかな蛇行を繰り返しながら遠く先まで延びていて、行けども行けども果てが見えない。ハッピーロード大山商店街の全長は約五百六十メートル、板橋《いたばし》随一のアーケード商店街という。

凜香の住むマナスル大山というアパートは、商店街を抜け川越《かわごえ》街道を渡った先、どことなく物寂しい住宅街の中だった。

チャイムを鳴らすと、ラフな部屋着の凜香がすぐに姿を見せた。中に通され、二人がけのダイニングテーブルに腰かける。えらくシンプルな部屋だ。目につく家具は小ぶりなソファとソファテーブル、テレビくらいで、よく言えば片付いており、悪く言えば生活感に乏しい。

女性の部屋をあまりジロジロと見るものではないと気付き、テーブルの木目に視線を戻す。

とするならばしかし、凜香と同い年の莉帆ももう大人の女性ということになる。電話では時々話すものの、最後に会ったのは警察学校の卒業式の時だから、今一つ実感がない。

「無理をして、いらっしゃらないでしょうか」

いつのまにか目の前に腰かけていた凜香が言った。

「どういうことでしょう?」

余計なことを考えていたせいで、少し返答が遅れる。

「かなり無理なお願いを聞いてくださっていると思うので」

「そこは気にしないでもらって大丈夫です。むしろ仕事の後に申し訳ない」

「そんなの、こちらこそです」

凜香は池袋のハエルノという印刷会社で事務員として働いている。

「兄は優しい人でした」

徹が切り出すまでもなく、かぼそい声で凜香は言った。

「皆さん優しかったとおっしゃるから、きっと本当にそうだったんでしょうね」

「だと思います」

「比較的内気な性格だったそうですね。それから、凜香さんのこともよく可愛がっていた?」

「いろいろ遊んでくれました。絵本を読んでくれたり、アニメを見たり、鬼ごっことか」

「アニメというのは、マルーンも?」

「はい、よく見てました」

あの頃のアニメと言えばマルーンと相場が決まっている。莉帆もマルーンにはまっていた。

「じゃあ、光彦さんの車に貼られていたマルーンのステッカーは?」

「私が兄にあげたものです」

それが事件解決の鍵《かぎ》になったと考えると、何とも言えない気持ちになる。

「お兄さんが逮捕される前、お兄さんに何か変わった様子はありませんでしたか?」

凜香は首を振る。

「ごめんなさい。あまり、記憶がないです」

「じゃあ、逮捕されたと聞いてどう思ったかは、覚えていますか?」

「びっくりしました、もちろん。でもまだ小学二年生だったので、兄が何をやったかは、ちゃんとは分かりませんでした。でも、凄《すご》く悪いことをしたってことだけは分かりました。近所の人の目もそうですし、学校で、色々あったから」

「いじめがあったとお聞きしました」

「ええ、ありました」

平板な響きが機械音声のようだった。これ以上は聞くべきではないと悟った。

「少年院を出てからはどうでしょう? 更生に向かっていると思われましたか?」

「はい。トラックの仕事を、ちゃんとしてたと思います」

「黒部社長から、たまに光彦さんのアパートに泊まりに来ていたと聞きました」

「はい」

「そこで仕事ぶりを実際に見たりもした？」

「というより、社長さんとか同僚の人と話したりして、評判が良かったっていうか」

「お兄さんのところには、どれくらいのペースで？」

「年に四、五回くらいです。大体、両親と一緒に向こうに行って、どこかでご飯を食べてから、私だけ兄の部屋に泊まるっていう流れでした。部屋が狭かったので、とても両親までは入らなくて。それで次の朝、ご飯の後、兄が車で送ってくれました」

あの黒の軽自動車で、光彦は羽田とつつじが丘の間を何往復もしていた。道順は完璧に頭に入っていたことだろう。

「兄の部屋で大したことをするわけじゃありません。ゲーム機もないし、テレビも小さかったですし。でも別荘みたいで、結構好きでした。ほんと子どもですよね」

凜香は小さく笑う。

「最後に光彦さんに会ったのは、いつでした？」

そう尋ねるや、たちまち笑みの糸がほどけていく。

「事件の年のお正月に、兄が実家の方に来た時だと思います」

「その時、何か変わったことは？」

「特には気付きませんでした」

「そのすぐ後、被害者の方から手紙が届いたと電話があったんですよね」

「はい」

「それから二カ月も経たずして、あの事件が起こる。それが不可解だと、みなさん口を揃えておっしゃいます。何か思い当たることはありませんか？」

言い終わらないうちに、凜香は首を振る。

「では、事件と事故のことを聞いて、どう思いました？」

口を開きかけては窄《すぼ》めるという動作を、凜香はしばらく繰り返した。唇を離すたび、用意していた言葉が逃げ出してしまうかのようだった。

「今でも、光彦さんが犯人ではないと思っていますか？」

質問を変える。沈黙はまだ続く。

「分かりません」

ようやく蚊の鳴くような声が響いた。徹は暇《いとま》を告げた。事件の後のことを聞くつもりは、もとよりない。

玄関で靴を履いていると、凜香が出し抜けに言った。

「最後、兄は、どんな様子でした？」

ほどけかけた靴紐を結び直そうとしていた指を止め、振り返らずに、

「逃げようと必死なように、自分には見えました」

小さなしじまの後、耳を凝らさなければ気付かないくらい微かな声がした。

「そうですか」

徹は靴紐をかたく締め直した。

7

「困るんですよね、アポなしで来られちゃ。こっちも忙しいんで」

落ち着きなく知恵の輪をいじるのは高地登志勝《としかつ》だ。

「お忙しい中、ありがとうございます」

「いや、別にいいんですけど」

灰色のジャケットに赤のネクタイという出《い》で立ち。卵形の顔面がテカテカと光る。

「でも俺、もう悪いことしてませんよ？　ちゃんと更生しましたし」

出所から約十年、高地はハイランドマリンフーズの専務というポストに就いていた。会社名からもうかがえるように、社長は高地の父親である。

「で、何の用です？」

急に飽きがきたのか、知恵の輪が机の上に放り出される。

「藤池光彦さんを覚えておいでですか？」

高地の耳たぶがピクリと動いた。

「え、あいつのこと調べてんですか？」

「ええ」

「なんで？」

「なんでとは？」

「だってもう死んでんでしょ？」

「少し事情がありまして」

「ふーん」

高地は軽んずるように言った。

「高地さんから見て、どんな人でした？」

「誰が？」

「光彦さんがです」

「どんな人って言われてもねぇ」

高地は引き出しから別の知恵の輪を取り出す。

「確か園木さんを介して――」

「園木！　うわ、懐かしいな」

徹の言葉を高地は遮る。

「あいつ娑婆《しゃば》に出てきた後、ヤクで死んだらしいっすよ。やっぱ地頭が馬鹿なんだなあ。俺はシャブだけはやらないいって決めてんです。頭がはっきりしてなきゃ人生楽しめない」

人の死を高地は簡単に笑う。

「光彦さんの話を伺えますか？」

少し語気を強めると、高地は大儀そうに溜息をつく。

「分かりましたよ」

貧乏ゆすりが始まった。

「なぜ光彦さんに目を付けたんです？」

「そりゃあ、仲良くなれそうだと思ったからですよ。あの鬼畜バレー部からとんずらこいたってのも同じだし、何かと話が合うんじゃないかとね」

「使いやすい駒だと思ったのではなく？」

「そんな、人聞きの悪いこと言わないでくださいよ！」

「でも実際、万引きに置き引き、色々とやらせたんですよね」

「金はきっちり三等分です。普通に遊んだりもしたし」

高地は平然と言う。

「嫌がりませんでしたか、光彦さんは？」

「彼の名誉のためにも、それは言えないな」

「何にそんな金が要ったんです？」

「あればあるだけ使えんですよ。真面目一徹の刑事さんには分かんないかな」

「本格的な盗みをやろうと思ったのも金のためですか？」

「本格的な盗みって、面白いこと言いますね」

高地はそうやって揚げ足を取ってから、

「ま、ちまちまやるよりガツンとやった方がいいかなって。それに万が一を考えたら二十歳になる前の今でしょとね。天下の少年法がお守りくださるって思ってたから」

結局、少年法は望み通りの働きはしてくれなかったわけだが。

「どこに盗みに入るかは、あなたと園木さんの専権事項でしたね？」

「そ。結構選ぶの苦労しましたよ？」

悪びれる様子など、高地には一切ない。

一件目の犯行は二〇〇三年四月十日夕刻。八王子《はちおうじ》駅から徒歩十分程度、住宅街の入口近くにある団地の一室に侵入し、現金約十五万円と宝石類を盗み出した。二件目は四月十八日の昼下がり。東村山《ひがしむらやま》駅近辺の戸建て住宅を狙い、現金約十万円と金券七万円、時計数点を奪って逃走した。犯行現場が離れているのは捜査を攪乱《かくらん》するためだったと捜査資料には記載されている。

「光彦さんは窓破りの役でしたね」

「見よう見まねのわりに腕はよかった。あいつ手先だけは器用だから」

「そのうち、三件目の犯行について、少し詳しく伺えますか」

同年五月六日の深夜。新百合ヶ丘《しんゆりがおか》駅徒歩十三分、古くも新しくもない共同住宅の一室。

「もちろん、よく覚えていらっしゃいますよね？」

その日は想定外があった。犯行の真っ最中に、家人の女性が帰宅したのだ。

異変に気付き、逃げ出そうとする女性の腕を、高地ががっちりと摑む。

大声を出すなと、台所から取って来た包丁で園木は脅す。

そして二人は、女性に性的暴行を加えた。

光彦はそれに、手を貸した。

「自分ができねえからって、裏切りやがって、あいつ」

高地の額の血管が小さく脈打つ。

「あの女、被害届出してなかった。あいつに写真撮らせて、誰かに言ったらバラすぞって言ったのが効いたんですよ。咄嗟《とっさ》の機転にしちゃ、悪くないと思いません？」

徹に同意を求めた後、高地は吐き捨てるように言った。

「あいつさえいなきゃ、一石二鳥だったんだ」

「その被害者の方に申し訳ないという気持ちはありませんか？」

「いやだからぁ、それはもう償いましたから」

「三件目の被害者の方と、事件後に連絡を取りあったりということはありませんね？」

「俺もそこまで悪趣味じゃありませんよ。え、何、そいつ絡みでなんかあったんですか」

無視をした。

「最後に。光彦さんが再び強盗事件を起こしたと知って、どう思いました？」

「言っちゃ悪いけど、スカッとしましたね。裏切者にはピッタリの最期だって思った」

質問への答えになっていない。悪態を吐きたいという気持ちが先行している。

「また事件を起こしたことを、意外だとは思いませんでしたか？」

「別に。あいつ、またやったんだって、それだけ」

これ以上同じ空間にいたくない。徹は形ばかりの礼をして、とっとと場を去ろうとした。

「ちょっと待ってよ」

下卑た声が言った。

「刑事さんさ、これもしかして、ちゃんとした捜査じゃないんじゃない？　世話になったことあるから知ってんですよ。本当なら、二人一組で動くんでしょ？」

徹が睨むと、高地は目を糸のように細くして笑う。

「あれ、図星？　やっぱり。今さらあいつの話なんて、おかしいと思ったもん」

それから囁《ささや》くような声で、

「今日のこと警察のお偉いさんに告げ口したら、面倒なことになるんじゃないですか？」

「したければ、ご自由に」

高地は醜悪な笑いを口元に浮かべた。返事を聞かず、徹はきびすを返した。

8

「じゃーね！」

前から子どもの声がした。小学校低学年くらいの男の子が歩きながら手を振っている。

「ほら、前、前」

そう言われて徹に気付いた男の子は、そそくさと徹の脇を走り抜けてから、もう一度男に手を振った。

徹は男に目の照準を合わせた。豊かな白髪と白鬚、漫画チックな丸眼鏡。背丈は徹と同じくらいで、身体もがっちりとしている。

男の方も徹に気付き、何とはなしに、軽く頭を下げる。

安念喜吉。十二年前の事件の被害者だ。

＊

「自治会の取り組みで、子どもの一時預かりのボランティアがありましてね。少子化の時代、お子さんのいる家庭を少しでも応援したいってことで、私も協力してるんです。もともと子どもも好きですから」

冷めた茶を啜りながら、安念は言う。

「土曜の朝でも依頼があるものですか」

「ああ、さっきの子。あれはね、おととい預かったんだけど、その時これが読みかけになっちゃったもんだから、残りだけ読みに来たんです。ほんと、気ままなもんです」

テーブルの上の漫画を手に取って安念は笑う。勝手に老いぼれたイメージを膨らませていたが、実際に対面すると活力にあふれた好々爺《こうこうや》といった感じだ。聞けば、事件後のリハビリに精を出した結果、筋肉量が前より増えたらしい。

「にしても、十二年ですか。しみじみって言うとおかしいけど、妙な感慨があります。しかしこんな昔の事件を調べ直すなんて、刑事さんも大変ですね」

「いえ、事前の連絡もなしに突然すみません」

「いやいや。私にできることなら協力は惜しみませんよ。あの事件の時は本当、警察にお世話になりましたから。しかし何です、あの事件絡みで何かあったんですか？」

「それはすみません、捜査事項なので」

私的捜査だとは口が裂けても言えない。

「そうですよね、こりゃ失敬」

ポリポリと頭を掻いてから、

「あの時のことでしたね」

ふうと、安念は息を吐いた。

「確か、日中はそこそこ有名な画家の特別展を見に上野に行って、それから夕ご飯を食べて帰ってきて、まだ眠くなかったので、録《と》ってた映画を観たんです。アクションが派手なだけのハリウッド映画、タイトル何だったかな――まあとにかく、その後、十二時くらいに床に就きました」

事件当時、安念は六十歳。五十五歳で早期退職してから、独身貴族の暮らしを満喫していた。

「ところが大して寝ないうちに、ふっと目が覚めた。夜中に起きること自体が珍しいわけじゃありません。お恥ずかしい話、尿意に急《せ》かされてというのは、あの頃からそこそこありました。でもそれだったら、明け方が近い頃合いの三時とか四時とか、それくらいなんです。しかし、あの時はもっと早かったし、神経が高揚してるというか、何かが変だと、異変を身体が感じ取っているんです。下の階、この階から気配がしてくるんですよ。そいで耳をそばだてると、微かに物音がする。それもネズミなり何なりがウロチョロしてるってんじゃなくて、より秩序があるっていうと変ですが、まさしくこう、人間が何かをしている音のように聞こえたんです」

臨場感たっぷりに安念は語る。

「それで確かめなきゃと思いまして、一階に下りることにしました」

「警察を呼ぼうとは思いませんでしたか？」

「そうすべきだったんでしょうな」

安念の笑みは苦々しい。

「でもあの時は、聞き違えだろうって思ったんです。だけども抜き足差し足で階段の途中まで来た時に、廊下に懐中電灯の明かりが見えましてね。心臓が口から飛び出すかと思いました。で、声が出ちゃいましてね。それで向こうが私に気付いて。急いで寝室に戻ったんですけど、袋のネズミですからもう逃げられない。身体中を殴られ蹴《け》られ踏みつけられ、もう痛いのなんの、でも口にテープも貼られましたから、声も碌に出せない。それが、一体何分続いたのか。それでそのまま、気を失って」

それから吐き捨てるように、

「本当に、酷い拷問でした」

少し沈黙があった。

「ああ失敬、刑事さんにお茶をお出ししてませんでしたね」

出し抜けに安念が言う。

「お気遣いなく」

「いや、こんな日は水分とらなきゃダメですよ」

安念は立ち上がり、台所に向かった。

一人になり、何となく部屋を見回す。背後のテレビは大きな薄型タイプで、その脇に雑誌と本の地層が三つ並んでいる。一番上にあって目につきやすいのは季語辞典など俳句関係の書籍数冊。これを筆頭に、園芸、囲碁、将棋、麻雀《マージャン》、音楽と、ジャンルは幅広い。それに交じって、小説やエッセー、さらには児童書や漫画も散らばっている。

正面向かって左手は年代物の漆塗りの簞笥《たんす》で、てっぺんには筆記用具、書類、何かしらのトロフィー、豚の貯金箱などが雑然と置かれていた。その上方の壁には写真が二枚、額に入れて飾ってある。一枚は紅葉に彩られた渓流を、もう一枚は雪に埋もれた集落を撮ったもので、どちらも見事なものだ。色が褪《あ》せてしまっているのが惜しい。

「この写真は、安念さんが？」

麦茶を持って帰ってきた安念に尋ねると、

「ええ。雪の風景は白川郷《しらかわごう》まで足を延ばした時の、紅葉の方は御岳山《みたけさん》の近くです。紅葉の方は公募の写真展で賞を獲《と》りまして、その時もらったトロフィーがそれです」

御岳山は青梅《おうめ》市の隅にある。

「カメラ、ご趣味なんですか」

「ええ、昔からずっと。まあ実質、唯一の趣味ですな」

「唯一？」

「ええ」

「てっきり、多趣味な方なのかと」

視線を本の山に向けると、徹の言わんとすることを察した安念は声を出して笑った。

「それを見ると、いかにも多趣味に見えますでしょう。ところがね、真逆なんです」

安念は椅子に腰かけながら、

「何か新しいことを始めようと思って、入門書かなんかを買って来て読んでみたりするんですが、大体最初の三分の一ぐらいで心が折れて、しまいにはそこで埃《ほこり》をかぶるわけです。その山は私の三日坊主の証《あかし》。お恥ずかしいくらいです」

確かに大体のジャンルは一、二冊止まりになっている。

「自分はもう、そうやって本を買うことすらありません」

「だってそりゃ、刑事さんはお忙しいでしょう？」

「それでも昔は買ってたので」

舌の上に虚《むな》しさが残る。

「仕事を辞めれば、また時間と余力ができますよ」

曖昧《あいまい》に笑っておく。

「すみません、それでどこまで話しましたかね——ああ、でももう大して言うことはありません。私が気ぃ失ってる間に、家捜しをされた。それだけです」

「盗まれたのは、現金類でしたね？」

安念は眼鏡を外しながら頷いた。

「八十万そこら持って行かれました。クレジットカードやキャッシュカードが残ってたのが不幸中の幸いですな。こういうのも盗《と》られてたら後の手続きが大変だったでしょうからね」

現金に比べカード類は格段に足がつきやすいというのは知られた話だ。もっともクレジットカードについては、カード番号などを控えていった可能性もある。

「しかし、簞笥預金というか、へそくりが根こそぎ盗られてたのはもう驚きというか、半ば感心でしたね。色んな場所にバラして隠してたんですが、一個を残してほぼ全滅。あんまり金目の物がないもんだから、きっとムキになって、しらみつぶしに探したんでしょう」

唯一生き残ったへそくりがどこに隠されていたのかも気になるが、加えて一つ、気になるものがあった。

「そこにある貯金箱、事件当時もそこにありましたよね？」

簞笥の上に置かれている豚に視線を向ける。捜査資料に添付されていた現場写真にも写り込んでいたような記憶がある。

「ええ、はい」

「少し拝見させて頂いても？」

安念の許諾を得て手に取ると、なかなかの重みがある。腹の方に取り出し口があって、プラスチックの蓋《ふた》越しに折り重なる硬貨が透けている。

「その貯金箱が、何か？」

「大したことではないんですが。この貯金箱を利用するのは、どういった場合ですか？」

「利用ってほど大層なもんじゃありません。財布に小銭が貯まった時とかに、そこに入れるってだけで」

「それはどれくらいの頻度で？」

「頻度ですか？」

安念が困惑気味なのも無理はない。

「そう頻繁じゃないですな」

「ここに貯めたお金を使ったことはありますか？」

「使ったことはないですけど、だいぶ貯まったんで、口座に入金したことはあります」

「それは何回くらい？」

「一回、だと思いますけど」

「それはいつ頃ですか？」

「えっと多分、十年くらい前かな」

「とすると犯人は、この貯金箱に関して言えばノータッチだったということですね？」

「そりゃ、まあ、ええ」

大したことではなかったが、何が引っかかっていたのかがはっきりと分かった。

「つまらないことをしつこくすみません。確認ですが、犯人の顔は見ていないのですよね？」

豚を住処《すみか》に戻しながら尋ねる。

「ええ。暗かったですから、若い男だろうなってことしか分かりませんでした」

「声を聞いたりは？」

「いいえ、全く」

「事件当時、藤池光彦のことはご存じでなかった？」

「全くの見ず知らずです」

「近くに彼の実家があったということも？」

「全然。歩いて十分、十五分の場所なんざ分かりません」

「藤池光彦が安念さんに対して、一方的に恨みを募らせた可能性もあります。何か思い当たることはありますか？」

「こっちが聞きたいですな」

どこか芝居がかった口調でそう言ってから、安念は肩をすくめて見せた。

9

練馬《ねりま》駅から徒歩十分、やや古びたマンションのエントランスに各部屋の郵便受けがまとめられている。指でなぞるようにして五〇三号室を探すと、間違いなく大和と書かれている。

安念のもとを去った後、目撃者の大和が住んでいたアパートを訪ねた。大和は既に部屋を引き払っていたが、大家の直田《なおた》が転居先を教えてくれた。

何やらザワザワしていると思ったら、エレベーターが故障していて、修理業者が来ているのだった。五階までは灼熱《しゃくねつ》の階段を使うよりない。段差が急で、疲労が膝《ひざ》にのしかかる。額をこぼれた汗粒が目に入り込んで痛い。徹は小一時間前の自分を呪った。大和を叩いたところで何も出て来やしないのに、とんだ骨折り損のくたびれ儲《もう》けだ。

藤池光彦が冤罪だという結論を手に入れるためには、何とかして大和の目撃証言――マルーンのステッカーが貼ってある黒の軽自動車が、犯行時刻前後に安念の自宅前に止まっていたという証言――を切り崩すしかない。だが可能性はゼロに近い。

まず、目撃証言の内容が事実であることを認めるとしたら、大和の見た車は光彦のものではなかったと考えるほかなくなる。しかし言わずもがな、これは牽強付会《けんきょうふかい》そのものだ。犯人の車がたまたま光彦と同じ黒の軽自動車で、たまたまマルーンのステッカーまでお揃いだったというシナリオは、甘っちょろい二時間ドラマのプロデューサーにすら没にされるだろう。

では目撃証言が虚偽だとは考えられないか。これには二パターンがありえる。一つは、はじめから大和が光彦（に近しい人間）とつながっていて、光彦の車にマルーンのステッカーが貼ってあることを知っていたというパターン。もう一つは、誰かが大和にステッカーのことをリークしたというパターン。

しかし、いずれも説得力を欠く。

前者については、当時の捜査を通じて大和と光彦の間に接点が浮上しなかったということが強力な否定材料になる。また、大和が偽証をする動機もひどく弱い。偽証というのは通常、誰かを庇《かば》ったり、陥れるためになされるが、本件はどうか。陥れるもなにも、大和が証言をした時点で光彦は既に死亡していたし、捜査の停滞に伴って異論が沸き起こりつつあったとはいっても、光彦犯人説は依然として盤石だった。百歩譲って、捜査本部が突き止められなかった何らかの確執が理由で大和が光彦を恨んでいたとしても、わざわざ偽証までする理由があるとは思えないのだ。

後者はもっと考えづらい。大和の証言以前にマルーンのステッカーが光彦の車のリアガラスに貼ってあったという事実を知っていたのは、光彦と家族、同僚に加え、徹と水脇くらいだ。が、誰をとっても大和にマルーンのことを知らせる義理はないし、だいいち大和とは面識も関係もないはずだ。

つまり、大和の証言を疑うことは、火のないところに煙を立てようとするに等しいのだ。

とはいえ、ここまで来たのだから話を聞かないわけにはいかない。サンクコストバイアスでインターホンを押す。

初めて相対する大和はいかにも不健康そうだった。血色の悪い肌はパジャマの灰色に同化し、長髪は廃墟《はいきょ》の雑草を思わせる乱れ具合だ。

藤池光彦について調べていると言うと、大和は意外そうな顔をした。

「全部その時話した通りだと思いますけど。散歩に出たら、なんか車があったってだけで」

「どんな車でした?」

大和の視線が記憶をたぐるようにさまよう。

「黒の車、だったと思います。正直、そんなに覚えてないです」

「何時ごろだったか、覚えてますか?」

「夜中の二時とか、それくらいだったと思いますけど」

声は自信なさげだが、十二年も前の出来事を急に思い出せと迫られているのだから、むしろ自然なことだ。

「リアガラスにステッカーが貼ってあったんですよね?」

「リアガラス?」

大和は困ったように目を細める。

「車の後ろのガラスです」

「ああ、後ろのガラス。そうでした、何かのキャラがあった、なんかほら、白玉みたいな」

「マルーン、でしょうか」

「ああそう、それです」

「調書では、その日はよく眠れなかったとおっしゃってましたね?」

「まあ」

「よく散歩しようという気になりましたね」

「見てみたくないですか、夜の雪の街とか」

徹自身は大して興味を惹《ひ》かれないが、見てみたいと思う気持ちも理解できる。

「事件当日に車を見たことは、聞き込みを受けるまで忘れていた？」

「忘れてたっていうか、まさか事件と関係はないだろって思い込んでたっていうか、でもいざ聞かれて、一応、話そうかなって」

「ちなみに現在は、お仕事は何を？」

案の定さしたる不審点はない。話すべきことはほぼ尽きている。

「一応ウェブライターやってます。てかすいません、こんな格好で、今さらですけど」

大和に礼を言い、駅に向かう。時刻は午後二時を少し過ぎたばかりだ。

土曜は確か勤務日だったはず。徹には訪ねたい人、ぶつけたい疑問があった。

10

短く刈り揃えられた銀髪が遠目からでもくっきりと見える。近づいて「どうも」と声を掛けると、出川は目線と口角を上げげた。

「随分ご無沙汰だな、テツ」

「今、大丈夫ですか」

「構わん」

若手の警官に交代を頼み、奥の休憩所に上がった。ささくれの目立つ畳からはイグサの香りが消えて久しく、その代わりを男の臭いが埋めている。

「茶、いるか」

「平気です」

赤坂見附駅前交番の麦茶は色が濃いわりに味が薄く、どうも徹の舌には合わない。自分の分だけコップに注いでから胡坐《あぐら》をかいた出川は、間違い探しでもするかのように徹の顔を見つめてきた。やや落ち窪《くぼ》んだ眼窩《がんか》から送り出される視線は鋭くも重い。

「ちゃんと寝てるか？」

ぶっきらぼうに出川は言った。

「はい」

「にしては顔に疲れが見える」

「結構歩いたので」

「今日は休みじゃないのか」

「休みです」

「なら帰って寝ろ。休みに休まないでどうする」

「ここまで来たのに、ただで追い返す気ですか」

「そういうのをサンクコストバイアスって言うんだ」

サンクコストバイアスという語彙《ごい》は出川からの輸入だったらしい。

「そう言えばこの前、久々に水脇さんと話しました」

出川の目が丸まる。

「珍しいな」

「ちょっと野暮用があったので。出川さんの話もしましたよ」

「どうせ悪口だろ」

「とんでもない。ただ、交番相談員というのが意外だなと」

「意外？」

「てっきり退職して読書三昧かと思っていたので」

出川はケッと笑って、

「俺もそこまで世捨て人じゃないよ」

会話が途切れる。

「それで、何の用だ」

出川の声のトーンが変わる。

「用がないと来ちゃだめですか」

「用がないとテツは来ないだろう」

喉元まで出かかった言葉が、いざとなると出てこなかった。出川の眉間《みけん》に小さな皺が寄る。

「実は、藤池光彦の事件を調べ直しているんです」

そう告げると、出川の瞼《まぶた》がビクリと震えた。

「お前が？」

「はい」

「なぜ」

「色々とありまして」

　一瞬の間の後、出川が言う。

「何が気になるんだ」

「事件のことは、どれくらい覚えておいでですか」

「大体」

「さすがです」

　事件関係者からあらかた話を聞き終えたが、やはり事件が新展開を見せる気配はない。調べ直しを終える前に、どこか見落としがないか最終チェックしようというのが、徹の魂胆だった。

「調べ直す中で意外だったのは、家族のみならず、藤池光彦の保護司や職場の社長も、彼は順調に更生の道を歩んでいたはずだと、今でも信じていたことです。真人間になろうとしていた光彦が、あんな大それた事件を起こすなどありえないと。しかし――」

「ありえないことはありえない、い、い、い、い、い、い、い」

　出川の決まり文句が飛び出す。

「無論そういった証言が重要でないとは言えない。だが、目撃証言や状況証拠には劣後する。人間は関係的存在だ。目の前に誰がいるかによって振舞いを変える。テツを前にした俺が青柿を前にした俺と異なるように。藤池光彦についても同様、家族や支援者の前で更生を果たしたかのように見えたからと言って、実際に更生を果たしたと即断するわけにはいかない」

いつものことながらペダンチックな物言いである。哲学者刑事という現役時代の異名には、畏敬と揶揄《やゆ》の双方が含まれていたのだろう。

「被害者に対する執拗《しつよう》な暴行については、どう思いますか」

「何ら不自然ではない」

即答だった。

「身体の動きを封じるだけのつもりが、ついやり過ぎたのかもしれない。溜まっていた鬱憤《うっぷん》の捌《は》け口だったのかもしれない。無論、強盗に仮託した怨恨の線も論理的にはないではないが、にしては強盗然とし過ぎている。強盗に見せかけるためだったら何も箪笥の奥まで調べて、へそくりなんかを盗む必要はない。盗みが目的だと考える方が合理的だ。現に当時の捜査でも、藤池光彦と安念喜吉の間に何らかの関係があったという話は出てきていない」

記憶は細部まで正確で、いつにも増して言いよどみもない。

徹は軽く息をつく。聞きたいのはここからだ。

「今日の午前中、被害者の安念さんから話を聞いてきました。そこで一つ、気になることが」

出川は無言をもって話を続けるよう促す。

「犯人は安念さんの自宅から現金類を盗み出すにあたり、家中をくまなく捜索している。執念深さすら感じます。しかし犯人は貯金箱に手を出していない。貯金箱の中身は硬貨だけだったようですが、安念さんの話からすると、事件当時、一定の金額が貯まっていたものと思われます。それなのに、絶対に見逃さない場所に置かれていた貯金箱を犯人が盗み出さなかったのは、なぜなんでしょう？」

「なるほどな」

出川は手をこすりあわせてから腕を組む。

「犯人が現ナマを求めて家中を探し回ったにもかかわらず、すぐ目につくところにあったはずの貯金箱を盗まなかったのはなぜか。素朴に考えつく可能性が一つ。コストがベネフィットに見合わない」

「どういう意味ですか？」

「単純な話だ。貯金箱に入っているのは硬貨だけなんだろ？　所詮は端金《はしたがね》、それを盗み出すことによって得られる利益は小さい。一方で不利益は大きい。重いというのを措《お》くとしても、持ち運ぼうとすれば音が立つ。だからわざわざ貯金箱に手を付けるような真似はしなかった」

「それはどうでしょうか」

徹は言い返す。

「泥棒が音を気にするというのは、一般論としてはその通りだと思います。ただ、あの事件についてはどうでしょう。目撃証言によれば、犯人のものと思われる車は安念さんの自宅前に堂々と止められていた。いくら音が立つといっても、車の中に入れてしまえば関係ないはずですよね。つまり、あの事件に関して言うなら、貯金箱を持ち出すリスクはさほど高くなかったんじゃないでしょうか」

口を開きかけた出川に、もう一つあると目顔で告げる。

「それから、貯金箱は確かに端金です。しかし犯人は金銭を見つけ出すのに並々ならぬ心血を注いでいます。そんな犯人が、たとえ大した額ではなかったとしても、目の前にある貯金箱を見逃すでしょうか?」

「面白いが、説明の付け方はいくらでもある」

出川は鼻を鳴らす。

「盗人《ぬすっと》の音嫌いというのは往々にして身に染みついている。具体的な状況の下で音が出るリスクが小さかったとしても、わざわざルーティンから外れるかというと微妙なところだ」

「しかし藤池光彦は常習犯ではありません」

「なら犯行が余計慎重になってもおかしくないな」

言葉に詰まる。

「犯人の金銭への執着というのも興味深いが、あら探しという感もする。否定はできないが肯定もできない。例えば真相はこうかもしれない。犯人は札には目ざとかったけれども銭には興味がなかった。ちょっとしたフェティシズムだ」

まあ水掛け論だがなと付け加えてから、出川はまとめにかかる。

「察するに、真相はこんなところだろう。藤池光彦は実家に戻るたび、どこか盗みがしやすそうな家屋がないか物色をし、そして安念の自宅に目を付けた。あるいは逆で、安念の自宅を見て、これは侵入しやすそうだと思ったところから、再び盗みを働きたいという潜在的な欲求が強まったのかもしれない。ともあれ藤池光彦はその願望を実行に移した。安念に気付かれることなく犯行を終わらせようという腹だったろうが、結局は気付かれてしまった。これはマズいと焦り、行動を封じようと暴行を加えたが、動転してやりすぎてしまい、気を失わせてしまった。それから家中から現金をかき集め、夜闇に紛れて逃亡を図った」

出川の推測には粗らしい粗がない。

「ついでに小言を一つ。支援者や家族に話を聞いたからだろうな、テツには一つ大きな見落としがある。藤池光彦に余罪がある可能性だ。藤池光彦に結び付けられていないだけで、安念の一件の前に、もういくつも犯行があったとしてもおかしくはない。藤池光彦が真実更生を果たしていたのかどうか、今となってはもう誰にも分からない」

いつの間にか空になっている自分のコップを手に、出川は立ち上がる。

「いかなる言葉も鵜呑《うの》みにするな。もちろん、俺の一人喋りも含めてな」

手垢《てあか》のついた訓示が身に沁《し》みる。

「別にテツの言うことを否定してるわけじゃない。断定はできないと言っているにすぎん」

コップをすすぐ水音にかぶせるようにして、出川が声を張り上げる。

「しかし、この詰めの甘さはらしくない」

出川の右手が蛇口を閉める。金属が捩《よじ》れる嫌な音がする。

「いったい、どういうわけだ？　そもそもなぜ調べ直した？」

徹が事の次第を説明するあいだ、出川はシンクに腰を預けたまま身じろぎ一つしなかった。

「なるほどな」

話し終えるなり、出川はあっさりと納得の一声を発した。出川に困惑の色が全くないことに、徹は困惑する。

「驚いたりしませんか?」

「別に」

すげなく出川は返す。

「あれはそれだけの大事だった。関わった人間にしか分からない衝動みたいなもんも、そりゃあるだろう」

「水脇さんには訳が分からんと言われました」

「あいつはあいつ、テツはテツだ」

語呂のよさに思わず笑ってしまう。

「しかし十二年も前のこと、よく細かく覚えてらっしゃいますね」

「お前たちが巻き込まれたんだ。忘れるわけがない。それに、いい復習の機会もあった」

「復習?」

「実はテツの上司と同じような話をしたことがある」

「青柿とですか?」

声が少し上ずった。

「確か水脇が辞める少し前だったな」

六年ほど前ということになる。

「向こうが久々に会いたいと言うから、ランチをした。水脇がもうじき退職だって話になり、自然と話が事件の方に流れ、そしたら青柿が少し気になることがあると言い始めた。概《おおむ》ね今日と同じような話だ。貯金箱の話はなかったが」

「それだけですか？」

「それだけだ」

「青柿は、どんな様子でした？」

「様子と言われてもな——」

その時、携帯が勢いよく震えた。

こともあろうに、青柿からだった。

「松野さん、今どこです？」

棘《とげ》のある声が、何かがあったということを示している。

「中林《なかばやし》一課長が、松野さんをお呼びです」

11

警視庁六階に収まる刑事部の大部屋は割合い閑散としていた。入らずに奥を見やると、特命捜査四係のデスクに加茂下の姿があった。すぐに気が付いてこちらに駆け寄ってくる。弱冠三十五歳にして捜査一課に配属になったのは、持ち前の勘の良さあってこそである。

「何したんです、テツさん？」

「すまん、迷惑はかけないつもりだ」

中身のない回答に、加茂下は不満げな素振りを見せる。

「係長はお怒りか？」

「お怒りっていうか――とにかく相当ですよ」

「今日、堂場室長は？」

「お休みです」

少しホッとする。青柿の直属の上司である堂場を飛び越えて、一課長直々の呼び出しとはと恐れをなしていたが、休みの堂場の代役ということなのだろう。

加茂下と別れ、廊下を一人歩く。突き当たりの角を曲がった先、課長室の扉の横で、青柿が壁に寄りかかっていた。ヘアゴムの先に伸びる髪の塊が灰色の壁に突き刺さっている。

徹と視線を合わせぬまま、青柿はドアを叩いた。

「どうぞ」

奥のデスクに、中林は腰かけていた。

「お二人とも、こちらへ」

応接用のソファを避けて中林の前に赴く間も、険しい視線が絡んで離れない。

「なぜ呼ばれたか分かりますね、松野警部補」

痩身《そうしん》からくり出されるまとわりつくような声質は、取調べの名手という称号に似つかわしい。ノンキャリアからの叩き上げだが泥臭さは皆無で、立ち振舞いはスマートそのものだ。

「先刻、高地登志勝さんから抗議の電話がありました」

中林は手元のメモに視線を落とす。

「先日、松野と名乗る刑事が事前の連絡もなしに訪れ、私の過去のことを根掘り葉掘り聞いてきた。捜査なら仕方がないと応じたが、途中からこれは私的な捜査に違いないと気が付いた。今は善良な一市民として暮らしているのに、過去のことを思い出す羽目になったがため、心身に不調を来している。これは捜査権の濫用だ――」

楽しそうに抗議をする高地の姿が目に浮かぶ。

「松野警部補。高地さんから無断で事情聴取をしたことは事実ですか？」

「はい」

今さら否定したところでしようがない。傍らの青柿が小さく息をつく。

「刑法百九十三条、覚えておいでですか？」

徹に答える暇を与えずに、中林は条文を諳《そら》んじてみせる。

「公務員がその職権を濫用して、人に義務のないことを行わせ、又は権利の行使を妨害したときは、二年以下の懲役又は禁錮《きんこ》に処する」

昇進試験の頻出問題の一つだ。

「松野警部補の行動は、公務員職権濫用罪に該当する可能性すらある。警察官としてあるまじき愚行です」

中林は回転椅子のビロードの背もたれに深く身を預ける。

「松野警部補。高地さん以外からも同様の事情聴取をしたのではありませんか？」

白状すべきか、ごまかすか。

「覚えがあるようですね」

迷った時点で勝負は決していた。中林の目は騙《だま》せない。

「藤池光彦事件の関係者を当たっていたんでしょう？」

黙るよりない。

「あなたはあの事件に因縁がありますからね。色々と思うところがあるのかもしれません」

理解を示すような声色に、思わず視線を合わせてしまう。

「だがそれは私的捜査の言い訳にはならない」

正論だった。

「以後このようなことは決してしないと、お約束して頂けますね？」

「申し訳ありませんでした」

「具体的な処分については追って通達します。青柿係長もご指導のほど、お願いしますね」

「申し訳ありません」

中林は再び徹に視線を転じた。獲物を狙う肉食獣のような眼光だった。

「あなたを捜一に呼んだのは、身勝手な振舞いをさせるためではない。あなたと青柿係長のコンビネーションに期待したからです。その期待を、これ以上裏切らないように」

部屋を出るなり、青柿は徹の手首を乱暴につかんで、非常階段に連行した。

「一体、何してるんです？」

階上階下に声が大きく反響するが、青柿は気にする素振り一つ見せない。

「こんなことして、松野さんに何の得があるんですか？」

何も言い返せない。青柿は呆《あき》れたと言わんばかりに浅い息を吐いた。

「もう、二度としないでください」

「――すまん」

「もうとっくに終わった事件ですよ」

青柿は吐き捨てるように言う。

「馬鹿みたい」

青柿の顔に泥を塗ったことは、申し訳ないと思った。

だが同時に、胸の内にうっすらと違和感が広がっていく。

「でも青柿も、藤池光彦事件が気になってたんじゃないのか？」

「何のことですか」

「だって前に藤池光彦の事件のこと、出川さんと話したろ」

黒い瞳《ひとみ》が揺れ動く。

「そうでしたっけ」

「覚えてないのか？」

「そんなのいちいち覚えてませんよ」

言いながら、青柿は目を逸らす。

寒気が走る。

「何か隠してないか？」

徹とて、己の罪をごまかそうとする犯罪者を、何百、何千人と目の当たりにしてきたのだ。

中林のレベルにまでは至らずとも、人の揺れ動く感情に気付かないはずがない。

「あの事件に、何かあるのか？」

静寂が数秒。

「ありませんよ、何も」

「青柿――」

「全部終わったことです」

徹を捉える眼差《まなざ》しには、いつしか敵意があった。

「松野さんは自分の仕事に集中してください」

青柿がいなくなってからも、その声が耳について離れなかった。

12

スライドドアを開けると過去が押し寄せてきた。琥珀《こはく》色の照明と油の匂い。にぎやかさが商売繁盛を物語る。十数年ぶりだが、何一つ変わっていない。

奥の個室席へ通される。樋山はおしぼりで顔を拭《ぬぐ》っていた。

「どうも、しばらくぶりです」

相も変わらず、ふっくらとした顔だ。

とりあえずと生ビールで乾杯した。樋山は最初の一口で半分を飲み干し、三口で空にした。

「ほんとにおごりでいいんですか?」

樋山の頬はもうりんご色に染まっている。

「誘ったのは俺だから」

助かりますと、神に拝むように樋山は手を合わせる。

「色々切り詰めてるとこなんで、ありがたいです」

何となく察して、

「何、子ども?」

照れ臭そうに樋山は肩をすくめた。

「何人目?」

「三です。予定日が年末なもんで、生まれるのが今年か来年か嫁さんと賭《か》けてます」

僕は今年に賭けましたと樋山は胸を張る。「そうなんだ」としか返しようがない。

「上の子はいくつ？」

「長男が来年小学生で、長女が四つです」

「じゃあ奥さん大変だ」

「家族中大変です。両親の手も借りて何とか回してます。僕これでも三キロ痩《や》せたんすからね？」

樋山は自慢げに腹を叩いてみせる。

串《くし》が揚がり始めた。お任せコースは満腹を申告するまで提供が続くシステムだ。定番の牛串揚げから始まり、銀杏《ぎんなん》、トマトのベーコン巻き、アスパラガス、白身魚、ナス。サクサクとした食感が心地よいきつね色の衣には、混じりけのない油のコクが凝縮されており、これが素材の旨味を抜群に引き立てる。白眉は、小ぶりな笠《かさ》の上にタルタルソースがかかった椎茸の串だ。きのこだとは思えないくらいジューシーで、タルタルに混ぜこまれた胡瓜《きゅうり》と玉ねぎも粋《いき》な仕事をしている。莉帆がきのこ嫌いを克服するきっかけがこれだったのも今さらながら頷ける。

「それ、好きなんすか」

ハイボールのジョッキを片手に、樋山が尋ねてくる。

「いい顔してらっしゃいます」

「樋山に言われたかないよ」

「こりゃ、どうも」

樋山は一人乾杯の仕草をして、ハイボールを口に運ぶ。

「今、どこ住んでんですか？」

「どこって、ずっとこの辺」

「え！　まじっすか」

鳩が豆鉄砲を食ったようなというのは、こういう顔を言うのだろう。

「そんな驚くことじゃないだろ」

「いや驚きますよ。え、じゃあご近所さんじゃないですか」

「そうなるか」

「いや、ちょっと待ってくださいよ。だって、テツさんが機捜に異動になったのが」

「七年前」

「でしょ？　それで一昨年《おととし》、捜査一課ですよね」

「んで青柿の部下になった」

「あ、そうだ、まあその話は後でするとして、え、何で引っ越さないんですか」

あまり理由を考えたことがなかった。

「面倒だから？」

「通勤の方が面倒じゃないですか」

「早く起きるだけだし」

「でも、まだあのボロアパートってことですよね？」

「ボロとは心外だな」

「あ、すみません。うわー、いや、でもそういうことですよね、そりゃそうだわ」

樋山はそうやってぶつぶつと呟いてから、

「でも、もっといいとこ住めますよね？　引っ越さないのなんでです？」

「何、そんなに梅丘《うめがおか》から出てって欲しいの？」

「そういう意味じゃないですよ。分かるでしょ？」

樋山がむくれるので、真面目に答えることにする。

「特にそうしたいって思わないんだ。寝る場所があれば、まあいっかって」

本音だったが、樋山の方が悲しそうな顔をした。

「ほんとにそれでいいんですか？」

樋山は身を乗り出すと、誰に聞かれるわけでもないのに囁き声で、

「より戻したくないんですか」

自分がうろたえるのが分かった。

「向こうが嫌だろうから」

「奥さんがどうこうじゃないですよ。テツさんがどうしたいかって話です」

「いいだろ俺の話は。折角の飯が不味《まず》くなる」

野菜のスティックを手に取り、樋山の鼻先に突き付ける。

「代わりに、お前の幸せをおすそわけしてくれよ」

樋山は渋々といった感じで話を始めたが、ものの一分足らずで不服の表情は跡形もなく消え、にやけ顔が取って代わった。

――テツさんがどうしたいかって話です

ただ、徹の耳には樋山の言葉が引っかかったままだった。

あの事故の後、家に帰ることがめっきり減った。仕事の忙しさにかこつけて、あるいは仕事を故意に忙しくして、署で仮眠をとったり、捜査本部の近くに泊まったりした。

家族仲が悪くなったとか、そういうことではなかった。家の居心地はとてもよかった。

むしろ、だからこそ帰らなくなったのだと思う。五人の命を奪った自分が、のうのうと平穏な毎日を送ってよいのか。そういう思いをぬぐい切れなかった。

徹が帰ってこなくなっても、そのことに妻は何も言わなかった。莉帆を育てながら、黙って支えてくれた。

申し訳がなかった。これ以上自分に縛り付けていてはいけないと思った。離婚を切り出したのは徹の方からだった。でも妻は首を横に振った。別々に暮らすのはかまわないから、嫌じゃなければ籍は残しておこう。そう言われると断れなかった。

別居を始めてからの約十年間。電話やテキストメッセージでのやりとりはちょくちょくある。だが、妻や娘に直接会うことはほとんどない。夫失格、父親失格だ。

だからもう、あの家に戻ることはないだろう。汲《く》めども尽きぬ甘いエピソードに相槌を打ちながら、そう思った。

＊

結局、樋山は徹より十本余計に食べ、徹の分のほうじ茶アイスまで腹に収めた。

「ほんとにいいんですか？　お会計」

「気にすんな。こういう時のためにボロアパートに住んでる」

皮肉交じりのジョークのつもりだったが、酔いのまわった樋山は気付かない。伝票の載ったトレイにクレジットカードを置いてから、徹は樋山に向き直った。

「それでちょっと、聞きたい話があってな」

歯間をまさぐる楊枝《ようじ》が動きを止めた。

「そんな気がしてました」

樋山は苦笑いを浮かべる。

「飯行こうって電話貰《もら》った時から、ああこれは、何か頼まれるなって」

「何だよ。樋山に会いたいだけかもしれないじゃないか」

「用がなきゃ誘わないでしょ、テツさんは」

どこかで聞いたことのある台詞だ。

「聞きたいのは、藤池光彦の事件のことなんだ」

にわかに樋山の顔の火照りが陰る。

「お前、捜査本部にいたよな」

「殴ったんで、最後の方はいませんよ」

「それでも大体知ってるだろ」

「どうですかね」

「少なくとも俺よりは知ってる」

徹は前傾姿勢になる。

「青柿が事件のことで何か隠してるような気がするんだ。何か心当たりはないか？」

「なんで今になって――」

「質問に答えてくれ」

樋山は下を向く。

「どうだったかな」

「心当たりがあるんだな？」

「今からでも割り勘にしません？」

「樋山」

「何でそんなこと知りたいんですか」

「頼む」

額をテーブルに押し付けた。冷めきった衣の欠片《かけら》が徹の頭とテーブルに挟まれ、粉々につぶれた。無言は長かった。扉の閉められた個室は存外、静かなものだった。

「僕が言ったって、言わないでくださいよ」

惚気《のろけ》話のトーンよりオクターブは低い声だった。また少し黙った後、樋山は口を開いた。

「あの時の捜査本部が、異常すぎたんですよ」

「異常？」

「犯人はもう最初から分かり切ってるのに、いつまでたっても証拠が出て来ないから、殺気立ってたっていうか。マスコミも、上からの圧もえぐかったし」

落ち着きなく、樋山は指を組み替える。

「そんなんだから、僕たちも標的にされたりして。人間の性《さが》みたいなもんなんですね、やっぱり追い詰められると――」

「ちょっと待て」

思わず止める。

「標的ってなんだ？」

「だからほら、いじめって言うと幼稚ですけど――」

「いじめ？」

「え？」

話の方向性が全く見えない。樋山は驚いたような顔をしている。

「あの本部でほら、うちら、梅ヶ丘署、目の敵にされてたじゃないですか」

話が吞み込めない。

「どうして？」

「どうしてって——え、それ本気で言ってます？」

身体が熱い。

「だから、証拠が見つからないのは梅ヶ丘署が事故起こしたせいだって言われてたんですよ。事故がなければ、ホシも生きてるし証拠もあるし、こんなことになってねえだろって」

目の前が真っ暗になったかのような錯覚に陥る。

「自分が殴ったのもそういう馬鹿でした。テツさんに釘刺《くぎ》されてたから、あれでも結構我慢したんですよ。でも、ブチっと切れちゃったらもう、止まんなくて」

「なんであの事故が、お前らのせいみたいになってんだ」

「だから、それはほら、署としての連帯責任っていうか」

「そんなん滅茶苦茶だろ」

「僕に言わないでくださいよ」

もっともだった。

「すまん」

「しょうがないですって。あの時のテツさん、こっちが電話しても、何にも耳に入らないって感じでしたもんね」

電話というのもピンと来ない。樋山の顔から笑みが抜け落ちる。

「え、それも覚えてないですか？　ほら、事故の後、署のみんなで持ち回りで、お二人に何度か電話掛けてたじゃないですか？」

言われてようやく思い出せたのは、確かに頻繁に電話があったという事実だけだった。何を話したか、どんな言葉をかけてくれたのか、何一つ記憶に残っていなかった。

「そうだ、そうだったな」

自分に言い聞かせるように言う。

「色々してもらったのに、本当にすまない」

「いや、テツさんは全然、悪くないです。あんなことの後ですから無理ないっすよ」

樋山は取りつくろう。

「テツさん責めるなんて、おかしいです」

沈黙がテーブルを包む。

「でも、とにかく、そういう馬鹿みたいなことが起きるくらいにはキツイ現場で」

やがて樋山はボソリと言った。

「だから、ようやく目撃証言が出てきたって聞いた時は、自分はもう外されてましたけど、それでも嬉《うれ》しかったです。やっと終わりだって思って、心底ほっとしました」

「それが決め手になって送致。それで終わりじゃないのか」

樋山は徹に視線を合わせない。

「本当は、ひと悶着《もんちゃく》あったんです」

唾《つば》を呑みこむ音が、徹の中で大きく響く。

「大和海の取調べをした刑事が、待ったをかけたもんだから」

「どうして？」

言いづらそうに唇をしきりに動かしてから、樋山は言った。

「誰かに読まされてるような感じがするって」

心臓が跳ねた。まずもって考えがたいと一笑に付したはずのシナリオだった。

「それ、何て刑事か覚えてないか」

「当時の捜査一課のエースですよ」

樋山の口から零《こぼ》れたのは馴《な》れ親しんだ名だった。

「中林さんです」

血の気が引いた。

徹に捜査をやめるよう忠告した中林自身が、大和の目撃証言を疑っていた。

「地取りから例の目撃証言が上がってきたその日のうちに、大和海を署に呼んで、中林さんが取調べの担当になって、三時間以上かかったって聞いてます」

取調室から出てきた中林は、少し迷いを見せた後、自身が抱いた疑念を吐露したという。

どこか自分の言葉で話していないような、そんな感覚がどうしても消えない。

証言の細部を詰めていくと、時折、大和が目線を上に向けることがある。

まるで、予め《あらかじ》与えられた指示を思い出そうとするかのように。

「言ってる本人も確信まではなかったみたいです。でも、どうしても違和感が消えなかったらしくて」

刑事の勘。

「だから、証人の背後関係を慎重に洗うべきじゃないかって、お偉方に進言した」

小さな息を樋山は吐く。

「でも結局、捜査は形だけで、すぐに送致になりました」

「なんで？　中林さんがそう言ってるのに――」

「そう言ったからですよ」

徹にかぶせるようにして樋山は言う。

「下手に調べて、中林さんが言ってることが万が一当たってたら、色々、まずいことになるじゃないですか」

「まずいことって何だ？」

「そりゃ、捜査が振り出しに戻ることですよ」

ようやく訪れた送致のチャンスを、みすみす潰すような真似はしたくなかった。だから中林の疑念にまともに取り合おうとはしなかった――

「いや、おかしいだろ」

全くもって得心がいかない。

「もし中林さんの読みが当たっていて、大和を操る何者かがいたとしたら、そいつは間違いなく事件に関与してる。じゃあなおのこと、大和を絞り上げるべきじゃないか。それで中林さんの杞憂《きゆう》だって分かったなら、それはそれでいい。だがもし大和が白状したら、大和の裏にいるそいつをとっ捕まえる必要がある」

「いや、でも多分、中林さんの気のせいですから」

「そういう話をしてるんじゃない。可能性を潰すための捜査を、本部がなんでしなかったのかってことだ」

頭が混乱してくる。捜査本部のお偉方は何を考えていた？　なぜそうも送致を急ぐ必要があった？　光彦に共犯者がいたという可能性もあるのか？

だが、そもそも――

「大和の裏に誰かがいるとして、そいつはなんで入れ知恵なんかした？」

大和から話を聞く前に、その証言が虚偽である可能性については考えた。その上で、徹はありえないという結論を下した。常識的に考えれば、大和が偽証をすることによって得をする者などいないはずだからだ。

しかし、ありえないことはありえない。

「大和に偽証をさせて、そいつに何の利益がある？」

「だから多分、中林さんの気のせいですって」

樋山は無視して自問を続ける。

「大和海の証言は、誰にとって一番都合がよかった？」

問いの立て方がよかったのか、答えはすぐに出た。

「警察か」

捜査本部は喉から手が出るほど証拠が欲しかったに違いない。そうして捜査を終結させ、事件に終止符を打ちたかったに違いない。

大和の証言は実際、見事にその役割を果たした。疲弊した現場にとっての救世主となった。

「捜査員の誰かが大和海に情報を流し、偽証させた可能性があった――」

捜査本部が大和の鑑取りをおざなりにしたことも、だとすれば納得できる。綿密に捜査した結果、捜査員が大和に偽証させたという事実が判明してしまったら、スキャンダルどころの騒ぎではない。それゆえ、臭いかもしれないものには蓋をすることにした――

「いや、違う」

そうだ、大和の証言に現場の警察官すら知らなかった情報が含まれていることを忘れてはいけない。あの捜査本部にいた捜査員は誰一人として、マルーンのステッカーの件を知らなかった。むしろ大和の証言によってそのことを知ったのだ。現場の捜査員が大和に情報を流したと考えると、論理が逆立ちしてしまう。

とすると、やはり考えすぎなのか。樋山が言うとおり、中林の勘が外れたというだけの話なのだろうか。

少なくとも、大和の証言が警察によって作出されたものと考えるのは困難かもしれない。なにせ、警察関係者でステッカーのことを知っていた人間はいないのだから——

全身が粟立《あわだ》つ。

いや、知っていた人間が今ここに一人、いるじゃないか。

そして、あの事故の時、隣に座っていたもう一人。

青柿が出川と、事件のことを話したのはいつだった？

——水脇が辞める少し前だったな

「もしかして」

声のわななきを抑えられなかった。

「青柿は水脇さんを疑っていたのか？」

樋山の顔が歪んだ。

誰かから聞くまでもなく、水脇は端《はな》からマルーンのステッカーの件を知っていた。大和に情報を流すこと自体は可能だ。

問題はそこじゃない。

「どうして水脇さんなんだ？」

樋山は俯く。

「樋山！」

重たい静寂が、やがて樋山の口を開かせた。

13

樋山と別れたその足で大和のもとに向かった。着いたときには午後十一時を回っていたが、そんなことはどうでもよかった。

インターホンを鳴らす。返事がない。二度、三度と鳴らす。電気はついている。

「大和さん、松野です。ご在宅ですよね？」

数秒してドアが開いた。チェーン越しに大和の怪訝な顔がのぞいた。

「どうも夜分にすみません。少しよろしいですか」

「何ですか」

「実は、妙な話が出てきまして。当時、大和さんの取調べを担当した刑事がね、大和さんの証言に違和感があったって言うんですよ」

大和の片頬だけが笑みを作る。

「違和感？」

「誰かに頼まれて証言しているみたいだったって言うんです。心当たりありませんか？」

「さあ」

大和は徹の目を見ない。

「本当に、ありませんか」

「あるわけないでしょ。もう寝るんで、帰ってください」

ドアを閉ざそうとするのを革靴で阻む。

「まだお話は終わっていません」

大和の舌打ちが響く。

「何なんですか、今さら」

「事件に今さらも何もありません」

切れ目のない瞬《まばた》き。膝も小刻みに震えている。

「心当たりがおありなんですね」

「だから、ありませんって」

「調べればすぐに分かることですよ」

「好きに調べてください」

「じゃあこの人、ご存じですか」

携帯で水脇の顔写真を見せる。

「知らない」

碌に見ようともせずに大和は首を振る。

「ちゃんとご覧になってください」

「知りませんって。もう帰ってください」

大和は強引にドアを閉めた。鍵を閉める大きな音がした。

闇の中で、徹はしばらくその扉を見つめた。

14

レジ近く、袋詰めスペースに面する壁に「従業員紹介コーナー」がある。正面写真と一言コメントをおさめたA5の紙が縦に五、横に四の計二十枚並んでいる。

副店長である水脇の自己紹介シートは一番上の段、右から二番目にあった。笑っているというよりは口角がつり上がっているという感じだ。緑のエプロンは似合っていないような気がするが、単純に見慣れていないだけかもしれない。

『みなさまが快適なお買い物をできるよう、日々努力してまいりますので、引き続きのご愛顧をよろしくお願い致します！』

水脇らしい茶目っ気やアイロニーは、そこにはなかった。

待ち合わせの十分前までスーパーで涼み、外に出た。指定された喫茶店までは五分とかからず、余計な汗をかかずにすんだ。

カフェは森の中にひっそりと佇《たたず》む小屋のような見てくれだ。ドアを引くと、素朴で柔らかな雰囲気の店内に女性客がひしめいている。その最奥の席で、薄桃色のポロシャツを身にまとった水脇が手を挙げていた。

「久しぶり、でもないか」

徹が席に着くなり、水脇は言った。

「直接お会いするのはだいぶ久しぶりです」

「最後はあれだ、署長の葬式の時じゃないか？」

「じゃあ二年前の冬ですか」

「だな」

声が滑るのが分かる。水脇は気に留めていない。

「しかし、いきなり今日会えますかとは驚いた」

「すみません、ご無理言って」

「いや、いい」

「なるべく早めに終わらせます」

「俺は別に急がんが、本庁の刑事様はさぞ忙しかろう」

「とんでもない」

「ま、好きにしてくれ。ここはゆっくりするにもいい。向かいのビルに映画館があって、そこで観た後によく来るんだ。俺に似合わんしゃれた店だろ？」

愛想笑いで軽口を受け流す。うまく笑えたかは定かでないが。

「鴻巣《こうのす》には確かご実家があるんでしたよね」

「ああ。一人にはちょっと広すぎる」

水脇がホットコーヒーを啜り、徹のホットコーヒーが届いた。半ば義務的に唇をつけ、すぐに戻す。カトラリーの擦れる音が耳に障る。

「警察を辞めたのは介護のためだと、言っていましたよね？」

「ああ」

「本当に、それだけですか？」

白々しいまでにきょとんとした表情を水脇は浮かべる。

「どういう意味だ？」

「警察を辞めたのには、あの事件が関係してるんじゃないですか？」

水脇は肩をすくめて、

「本当のところは、自分でも分からんよ」

「じゃあ刑事の方はどうですか？　事故から一年も経たずに異動願いを出して、それっきり二度と刑事に戻らなかったのはなぜです？」

水脇は質問には答えず、窓の外に目線を投げながら言った。

「あの訳の分からん依頼、断ったんじゃなかったのか？　とんだ物好きだな、お前は」

声色はやれやれと言わんばかりだ。

「なんでわざわざ俺に絡みに来た？　俺のアドバイスをふいにしたことへの謝罪か？　だったらコーヒーを奢ってくれ」

「本当に分かりませんか？」

水脇は首を傾ける。

「どういう意味だ？」

心底当惑している、ように見える。

「大和海を、覚えていますか」

「ったりめえよ。例の目撃証人だろ？」

「その証言に、疑いの余地があります」

「何？」

「何者かが大和海に情報を漏らしたんじゃないかと」

額の皺が深まる。

「つまり、大和海の証言が嘘八百ってことか？」

「昨日、大和海に接触しました。自分の心証は黒です」

水脇は額に手を当てた。

「テツ。マジならそりゃ、えらいことだぞ」

水脇は徹を見据えた。それを徹はじっと見つめ返した。

黒い瞳孔《どうこう》は微動だにしない。

大和とは正反対に、振舞いの何もかもが自然だった。

疑わしいところを強いてあげるなら、それは自然すぎることだった。

「水脇さん」

徹は尋ねた。

「大和に情報を流したのは、水脇さんなんじゃありませんか？」

一拍、間があった。

「何？」

「大和に情報を流したのは、水脇さんなんじゃありませんか？」

一言一句たがわず、繰り返す。

「どういう意味だ」

「そのままの意味です」

水脇は徹を睨む。

「本気で言ってんのか？」

「こんな趣味の悪い冗談、言うと思いますか」

「思わない」

声が冷たい。

「何で俺なんだ？　根拠は何だ？」

「大和に情報を流した人物は、少なくとも二つの条件を満たしている必要があります」

努めて冷静に、徹は言った。

「一つは、大和の証言よりも前に、藤池光彦の車にマルーンのステッカーが貼ってあるという事実を知っていたこと。もう一つは、大和に情報をリークする動機があることです。そして、この二つの条件を満たす人間が、自分には水脇さんくらいしか思いつきません」

水脇の表情は崩れない。

「確かに、一つ目の条件を俺は満たす。まあ、忘れかけてたがな」

口調は淡々としている。

「だが二つ目の条件はどうだ？　悪いが俺には、動機なんてちっとも思いつかん」

「立派な動機があるじゃないですか」

水脇の視線に猜疑《さいぎ》の色がにじむ。

「責任を感じてらっしゃったんでしょう？」

その目が、見開かれる。

「捜査が難航しているのは自分たちのせいだと、藤池光彦を逃がさなければ、事故を起こさなければと自分を責めていた。ですよね？」

事故の後、署の同僚からの心配の電話で、水脇は自身の思いを吐露していた。

「あなたは、どこかのタイミングでマルーンのステッカーのことを思い出し、それを使って目撃証言をでっち上げようと決意したんじゃありませんか？」

水脇は顔を背ける。徹は問う。

「具体的にどうやったのかは分かりません。偶然、あなたと大和の間には何らかの関係があったのかもしれない。そうではなく、捜査本部の誰かと共犯関係を築いた後で、その人物を介して大和に情報を流したのかもしれない。いずれにせよ、あなたはそうすることで、現場の捜査員を、梅ヶ丘署の連中を、あの捜査本部から解放しようとしたんじゃありませんか？　藤池光彦を送致させるにたる証拠を用意することによって、いつまで続くか分からない、現場の捜査員にとって地獄のような時間を、自分の手で終わらせようとしたんじゃありませんか？」

もう止まらなかった。

「事件の後、すぐに刑事を辞めたのも、だからなんじゃありませんか？　絶対にやってはいけないことをしてしまった自分が許せなかったからなんじゃありませんか？　その後、警察官を辞めた理由も、本当はそこにあるんじゃないですか？」

言い切った時には胸が早鐘を打っていた。俯いたまま、水脇はしばらく動かなかった。二人の間に落ちる沈黙を、能天気なざわめきが際立たせた。

「そうだな」

やがて響いたのは、脆《もろ》くも大きな声だった。

「できることなら、そうしてたかも分からん」

水脇は頭をもたげた。

「だが俺は、そうしなかった。何もしなかった。できなかったんだ」

徹を睨《ね》め上げるその目は赤い。

「だから、俺じゃない」

水脇は否認した。

「調べれば、すぐに分かることですよ」

「ああそうだ。調べろ、テツ」

卓上の拳を水脇は握りしめる。

「大和海、本部に詰めてた刑事、片っ端から洗うんだ」

ブラフか、本心かは分からない。

でも、後者に賭けたいと思った。

携帯が震えだした。徹は立ち上がった。

「東京に戻らなきゃみたいです」

千円札をテーブルに置きながら言った。

「上司からの呼び出しです」

15

課長室には、マッチを擦れば引火してしまいそうな空気が満ちていた。

「舌の根の乾かぬうちにというのは、このことですね」

中林からはオーデコロンの匂いが漂う。徹の傍らの青柿も険しい形相だ。

「大和海から抗議がありました」

デスクにへばり付くコピー紙を、中林は引きずるようにして拾い上げる。

「昨日の深夜、警視庁捜査一課の松野警部補から突然の訪問を受けた。実は十日ほど前にも、松野警部補が話を聞きにきたことがあり、その際も面倒だとは思ったのだが、今回はレベルが違った。松野警部補は、十二年前に自分が証言をした事件に自分が関与していると妄想しているようで、しつこく絡んできた。迷惑この上ない。厳重に抗議する」

要約すればよいものを、中林はわざわざ朗読する。なぶるような響きがあった。

「松野警部補、これは事実なんですね？」

「今さら申し開きをする気はありません」

「開き直ればいいというものではありません」

中林は凄む。

「今さら、よりによってあなたがなぜ、あの事件に拘《こだわ》りはじめたのか。個人的には大変興味があります。しかし、いかなる理由があれ、私的捜査は断じて許されない。それはもはや、国家権力の暴走に等しいからです。探偵ごっこがやりたいのであれば、辞表を書いてからやりなさい」

正論ではある。

「なら、あの事件の捜査本部がしたことはどうなんです？　大和海の証言を精査しないまま送致を強行したことも、権力の暴走では？」

だが明らかに、煙《けむ》に巻くための正論だ。

「大和さんの目撃証言は、藤池光彦の犯人性を基礎づけるに十分なものでした」

「それをあなたが言いますか、一課長」

「どういう意味です？」

「大和海の背後関係を洗うべきだと進言したのは一課長でしょう？」

「あくまで一捜査員の、確たる根拠のない直感に過ぎません」

過去の自分が持った違和感を、中林は努めて矮小《わいしょう》化しようとする。

「最終的には上の判断に納得しました。今でも正しい判断だったと思っています」

嘘だと思った。

「黒ですよ、大和海は」

中林の細い目が徹を睨む。

「大和は昨日、露骨に動揺していました。間違いなく裏がある。大体、こんな抗議をしてくる時点で自白してるようなもんです」

本心では、中林もそう思っているに違いない。

「それともこれも、一捜査員の、根拠のない直感ですか？」

「そもそもあなたは、捜査員ではない」

「詭弁《きべん》も大概にしましょうよ、一課長」

声が高ぶった。

「警察関係者が大和を目撃者に仕立て上げた可能性がある。だから調べずに放置するんでしょう？　でも十二年前のあなたはそれで納得しなかったはずだ。検察への送致を強引に押し通した上の判断に怒りが湧かなかったはずがない。今なら、その時の借りを返せるんです」

中林の眼差しはしかし、冷ややかなままだ。

「その必要はありません」

何を言っても無駄だと悟った。

「失望しました」

過去の自分を否定してまで、現在の椅子を守ろうとする。その様は憐《あわ》れですらある。

「失礼します」

形ばかりの辞儀をして、部屋を立ち去ろうとした時、

「何にも、分かってない」

その低い声が青柿から発せられたのだと理解するまで、数瞬を要した。

「今の今まで、あの時の捜査本部がどんなだったか、気にしたことありました？」

身がすくむ。その刺すような眼差しには見覚えがある。それは時たま、青柿が被疑者に向けるものだった。それも、罪の重みに無自覚なままヘラヘラと笑い、被害者を愚弄《ぐろう》することすら厭《いと》わない、そういう類の被疑者に向けられる眼差しだった。

そこにあるのは決まって、憐れみと、憤りと、軽蔑《けいべつ》だ。

「ふざけるなー、何としても見つけろー、警察の威信にかけてー。会議のたびに怒鳴られるんですよ。怒鳴ったからって、証拠が見つかるわけないのに」

茶化すような声真似。

「梅ヶ丘署の人間は半分サンドバッグ要員で、色んなことされました。陰口に、面と向かって

なじられたり、座ってる椅子蹴られたり、お茶をわざとこぼされたり。幼稚でしょ？　でも、それくらい過酷な現場だったんです。だから、体《てい》のいいストレスの捌け口っていうのも、私たちの役目なのかなとか、そういう馬鹿なこと考えて納得しちゃうくらい。樋山くんだけは最後まで怒ってて、乱闘騒ぎになって。でも当時は、胸がスカッとすることなんてなかった。これでまた、もっと嫌な目にあう、恥ずかしいって、本気で思いましたもん。樋山くんの方が、正しかったのに」

自虐めいた薄い笑み。

「つまりもう——何て言うかな——全部馬鹿らしいっていうか、不毛？　だって、犯人はどう考えても藤池光彦に決まりでしょ？　証拠が一つでもあれば万事解決なのに、それがいつまで経っても出てこない。だから拷問みたいな日が続く。毎日、毎日」

青柿が、中林が、徹を見る。

「それもこれも全部、あの事故のせい」

息が苦しい。

「水脇さんは、ずっと後悔してましたよ。誰が電話掛けても、絶対謝るんです。今にも折れそうな声で、迷惑かけてすまないって。このまま送致できなかったら、どうやって責任を取ったらいいか分からないって。水脇さんのせいじゃないって何回言っても、それでも謝るんです」

証拠を見つけなければという重圧に苦しむ、現場の捜査員への罪悪感。

理不尽な仕打ちを受ける、梅ヶ丘署の仲間たちへの申し訳なさ。

もしもついぞ証拠が見つからなかったらという、底知れぬ恐怖。

捜査が長引けば長引くほど、水脇の心は抉《えぐ》られていったのだろう。

「でも松野さんは多分、みんなで電話したことも、大して覚えてないでしょう?」

硬直する徹を見て、青柿は静かな笑みを浮かべた。

「やっぱり。心ここにあらずって感じでしたからね」

水脇と違い、当時の徹には捜査のことなんて眼中になかった。全ての神経があの事故に、五人の死という重い現実に注がれてしまっていた。現場が負わされていた窮境には、見向きも、気付きすらもしなかった。

「別にそのことを責めるつもりはないです。松野さんは松野さんなりに苦しかったんだと思いますから」

そう言う青柿の声はひどく冷たい。

「誰かが大和海を手引きしているかもしれないってなった時、もしそうならきっと水脇さんだって思ったんです。水脇さんが自分の手でケリをつけようとしたんだって」

だが全ては、中林の勘が当たっていればの話だ。

「だから、その可能性は掘り下げないことにした。あの場所にいた全員がそうしようって納得した。一課長も含めてみんなで」

藤池光彦は迅速に送致され、本部は解散した。

「だってそんなことして、もし本当に誰かがやってたんだとしたら、そうやって、私たちの身代わりになってくれた人の覚悟を、踏みにじることになるから。だから、だからさ——全部、ずっと曖昧なままでよかったの。曖昧なままがよかったの」

青柿の言葉はほとんど嗚咽《おえつ》だった。

「なのにほんと、余計なことしますね。これで誰かが手を汚したって、決まっちゃったじゃないですか」

重く苦しい沈黙が、徹を潰そうとする。

「俺は、水脇さんじゃないと、思う」

情けない声が押し出される。

「会って来たんだ、水脇さんに。俺は、水脇さんを信じたいと思ってる」

「何、言ってんの?」

空気が薄い。

「水脇さんがそう簡単にボロ出すわけないでしょ?」

青柿が詰め寄ってくる。

「ねえ、これ以上調べて、何になるんです?」

後ずさる。背中がドアにぶつかる。

「リークしたのが誰でも、それで真相が変わるわけじゃない。しかも、その人がそんなことしたのは、元を正せば松野さんのせいじゃないんですか？　何の資格があって、あなたは、その人を責められるんですか?」

赤く腫れあがった青柿の目。

「あの事件は、あなただけの事件じゃない。もうこれ以上、引っ掻き回さないで」

16

処分は減給三カ月だった。重いのか寛大なのか、よく分からなかった。

数日は、大部屋を出入りするたびに好奇の視線が集まった。薬物で捕まった芸能人の気分だった。励まし半分、からかい半分に、面識のある刑事がちょっかいを掛けてきたりもした。しばらく話していない顔見知りと話す機会という意味ではそう悪いものではなかったが、何の事件を追っていたのかだけは、口が裂けても言わなかった。

刑事部内で徹の話題が下火になっても、特命捜査四係の空気はよどんだままだった。表向き青柿は普段通りだったが、言葉の端々や視線の奥底に、今までにない冷淡さが潜んでいるような気がした。徹とタッグを組むことが多い加茂下は、二人だけで動く際、いつもなら気にも留めないだろう静寂を埋めようと必死だった。当たり障りのない話題をしきりに振られ、しかしいかんせん当たり障りのない話題なので、会話はせいぜい数往復が限度だった。自分にもう少し話術があればなんて考えたりもしたけれども、今からどうこうできる話ではなかった。

聞き込み、供述調書の作成、当直。与えられた職務を黙々と遂行した。自分のどうしようもなさから片時でも目を逸《そ》らすには、目の前のことを淡々とこなしていくのが一番だった。

時の流れがいやにのろかった。

＊

もう終わりにするということを、藤池家にも伝えなければならなかった。

「そりゃあ、そうですよね」

冤罪の可能性なし。そう告げても、稔の声は柔らかなままでいた。

「他に何か、分かったことはありました？」

脳裏を掠《かす》めるのは当然、大和の証言のこと。

「光彦さんは更生を遂げていたと、私は思います。光彦さんなら間違いなく、またやり直せたと思います。だからあの事故は、悔やんでも悔やみきれません」

それを徹は、聞こえのいい浅はかな言葉で塗りつぶした。

＊

八月二十五日。

国分寺まわりでの聞き込みを終えて帰庁した。少し吸いたくなって、青柿への報告を加茂下に頼み、喫煙室に立ち寄った。

だが火を点《つ》けてから一分も経たず、青柿が来た。身を硬くする徹をよそに、青柿は何も言わずにマルボロを口に咥えた。

「少し言い過ぎたと思ってます」

しばらくして、唐突に青柿が口を開いた。

「すみませんでした」

「いや、青柿が謝ることない。悪いのは俺だ」

白煙が沈黙にくゆる。

「一つ聞いてもいいですか？」

青柿が煙草の火をにじり消しながら尋ねる。

「どうして、調べ直そうと思ったんですか？」

もう隠す理由はない。

「藤池光彦の遺族に頼まれたんだ」

青柿は狐につままれたような顔をした。結局、経緯を一通り説明する羽目になった。

「変わってますね、松野さんは」

聞き終えるや、青柿は苦笑気味に言った。

「水脇さんにも物好きって言われたよ」

「そりゃそうですよ」

また沈黙があった。

「俺は今でも、水脇さんじゃないと思ってる」

徹は本心を告げた。

「根拠は?」

「勘だ」

正直に答えた。青柿の笑みの苦々しさが増した。

その時、携帯が鳴った。見慣れない番号からだ。

「松野さんの番号で合ってますよね?」

廊下に出てから取ると、どこかで聞いたはずの女性の声が言った。

「あの、私、直田恵美《えみ》です」

名を聞いて思い出す。十二年前、大和が住んでいたアパートの大家だ。

「いやね、松野さん、この前いらした時、どんな細かいことでも思い出したら連絡してくださいって言ってましたでしょ? でもね、大和さんって、どっちかっていうと影が薄い部類の人でしたから、この前お話しした時は、大したことを思い出せなくって、でも、あれからね、一つだけ思い出すことがあったので、えいって、思い切って掛けてみたんです」

直田はダラダラと話す。はた迷惑なことだが、刑事に電話を掛けるというシチュエーション自体を楽しんでいるのだろう。

「でもね、本当にどうでもいいことっていうか、どんな細かいことでもとはおっしゃってましたけど、さすがにどうなのかなとか、思ったりもするんですけど」

「わざわざご連絡頂いて、ありがとうございます。是非教えて頂けませんか」

徹が割って入ると、直田は芝居がかった声の潜め方をした。

「実はね、大和さん、俳句がお好きでしたの」

「俳句ですか？」

「そう。何だかちょっと、印象と違いますでしょう？　だからちょっと私も意外でね、私のちっちゃな頭の隅っこの方に、残ってたんですよ」

——俳句？

「月に一回、週末に、地元の句会に行かれてたみたいで、そう、その帰りにばったり出くわして、お買い物ですかって言ったら、いや実はって」

忘れかけていた記憶が蘇《よみがえ》る。

「ごめんなさいね、こんなこと言われても、ありがた迷惑でしたでしょ？　でもね、万が一ってこともあるかしらって思って、連絡を差し上げないよりは、した方がいいかなって思ったもんですから」

鳥肌が立った。

電話を切るなり、徹は駆け出した。

大部屋に戻った。たじろぐ加茂下に構わず、急いで荷物をまとめた。

「どうしたんですか？」

「急用ができた。係長にもそう言っといてくれ」

「え、ちょっと――」

一分もかからずに刑事部を飛び出した。徹は走った。

17

震えの止まらぬ手で携帯を耳に押し付けた。

「松野さん、何してるんですか？」

「いいから黙って聞いてくれ」

人気《ひとけ》のない茜色の路地に徹の声が響く。

「大和と安念はつながっていた」

電話越しでも青柿が息を呑むのが分かった。

「二人は同時期に、地元の句会に所属していたんだ」

安念は一九九八年にツツジ句会に入会、事件後に体調が戻らないという理由で退会。

他方の大和は二〇〇三年に入会、事件の二年前に退会。主宰者である兼城《かねしろ》は言葉を濁したが、大和はその頃勤めていた会社を解雇されたらしい。

「二人は相当親しい様子だったと、句会の主宰者が証言した。年齢差を感じさせないくらい仲がよく、句会の後に二人で食事に行くこともしばしばだったと。大和が句会を辞めた後も、その関係は続いていたらしい」

青柿は言葉を失っていた。

「冗談、ですよね?」

根のない声がたゆたう。

「ありえない、そんなの」

「ありえないことはありえない。そうだろ」

発作の手前のような激しい息づかいが聞こえてくる。

「――何で、分かったんですか?」

「大和が住んでいたアパートの大家から、大和が句会に参加していたって聞いた。それで安念の自宅に俳句関係の本が何冊もあったことを思い出した」

あの時、安念は写真が唯一の趣味だと言った。その他は全て三日坊主だと。

だが他のジャンルと違い、俳句関係の本は四、五冊が揃っていた。その上、それらは最も手に取りやすい、本の山の一番上に鎮座していた。

俳句は安念のもう一つの趣味だったのだ。だが安念は咄嗟にそのことを隠した。大和と自分自身を繋げるものこそが、俳句だったからだ。

「なあ、青柿」

徹は言った。

「一週間でいい。休みを貰えないか」

「調べ直すつもりですか?」

言わずもがなのことを青柿は尋ねる。

安念と大和の間に接点があったということ。そのことを二人とも隠していたということ。これらの事実が何を意味するのかはまだ分からない。

あの事件にまだ裏があるということだけは、それでも疑いえない。

「このままにしておくわけにはいかない」

駄目と言われても動くつもりでいた。徹がそのつもりであることを、青柿も分かっているはずだと思った。

「風邪をこじらせたことにしておきます」

青柿はやがて、観念したように告げた。

「一つだけ約束してください。本当のことが分かったら、真っ先に私に連絡すること。いいですか？」

「恩に着る」

徹は言った。

「良い上司を持てて、俺はついてる」

＊

ベッドに腰かけ、マルーンのイラストがふんだんにあしらわれた壁掛け時計を見た。午後十時を少し過ぎたところだった。

簡素な部屋にはおよそ不釣り合いなこの時計は、莉帆が小学生の頃、近所のスーパーの福引の景品で当てたものだ。少しでも多く福引がしたい莉帆の懇願を受け、余計な買い物をしたような記憶がある。

数年間リビングの掛け時計としての役目を担ったマルーン時計だったが、莉帆が中学二年の冬休み、物置にしまい込まれた。ほかならぬ莉帆自身が幼稚で恥ずかしいと言い始めたのだ。

家を出る日、この時計のことが不意に頭をよぎった。埃を念入りに拭き取ってやると、これは自分が持っていなくてはならないという思いが胸を占めた。それで、一人きりのこの部屋に持ち込んだのだ。

携帯が着信を知らせていた。水脇からだった。

「えらいことになったな」

青柿から事の次第は伝わっているらしい。

「また調べるんだろ」

「ええ」

「一人でか？」

「もちろん。誰にも手伝ってなんて頼めませんよ」

しばらく水脇は無言だった。ノイズは薪《まき》がはぜる音のようだった。

「俺への疑いは晴れたってことでいいのか」

さびた声で水脇が言う。

「どうしてそうなるんです」

「状況から見て大和に偽証させたのは安念だろ」

「それはまだ何とも言えません」

「何で？」

「大和への情報提供者であるために必要な二つの条件、覚えていますか。一つ目は、藤池光彦の車にマルーンのステッカーが貼ってあったという事実を、大和の証言に先んじて知っていなければならないということ。二つ目は、大和に偽証をさせる動機があるということ」

「ところが安念はそのどちらも満たしていないってことか」

「ええ。あくまで今のところはですが」

とりわけ手ごわいのが動機の問題だ。大和の偽証によって安念が得をするようにはとても思えない。真犯人を庇うべく、光彦を犯人に仕立て上げようとしたのだと考えてみたくなるところだが、すぐに壁にぶつかってしまう。光彦が犯人ではないとは考えづらいという点はもとより、仮に光彦以外に真犯人がいたとしても、捜査本部は藤池光彦を犯人と決め打っていたのだから、偽証によって光彦を犯人に仕立て上げる必要など全くなかったはずなのだ。実際、大和の証言を度外視しても、光彦が犯人であることを指し示す状況証拠は揃いに揃っている。

「しかしお前、じゃあなんだ、大和と安念がつながってたのは偶然で、そうやって二人がつながってるのとは全く関係なく、誰かが——例えば俺が——大和に偽証させたっていう可能性もまだあるってことか？」

「現段階では否定しきれないと思います」

「そんな偶然あるか？」

「ありえないとまでは言い切れません。いずれにしても、二人のつながりが何らかの形で事件に関係しているという以上のことは、今は憶測の域を出ません」

そう、全ては暫定的な結論に過ぎない。明らかに足りないピースがある。

だからこそ、調べなければならない。

「思いもしなかったな、しかし」

くぐもった声で、水脇は言う。

「俺らが言えることじゃないかもしれないが——重いな、警察の責任は」

捜査本部は大和が何者かの傀儡《かいらい》である可能性を黙殺した。その何者かが警察官であることを——例えば水脇であることを——恐れるあまりに。

結果、綿密な鑑取り捜査をしていれば発覚していたはずの、安念と大和の関係という重大な事実が見逃された。

「なあ、テツ」

幾分か落ち着きを取り戻した声が尋ねる。

「まだお前は、藤池光彦がホシだと思うか？」

菊子、稔、凜香の証言。坂佐井や黒部が抱いた違和感。安念の暗躍。事件を調べ直す過程で知り得た情報が、確信という名の壁を砲撃する。

結論はすぐに出た。

「はい」

揺るがぬ確信が、声を支えた。

「そうか」

それっきりで電話は切れた。

18

目標は安念をめぐる疑念の解明、ただ一つに絞り込まれた。

とはいえ、迂闊《うかつ》に安念と接触すべきではない。安念はそう簡単に口を開かないだろうし、万が一、自宅に何かしらの証拠が残っていようものなら、それを処分されてしまいかねない。

だから徹は、十二年越しの地取り捜査を決断した。

安念宅を中心に同心円を描くようにして、しらみつぶしに話を聞いて回った。事情があって十二年前の事件を改めて調べているという建前の下、それとなく安念について尋ねた。

昨日と今日の区別もつかぬ炎天下の中を歩き続けた。

挨拶《あいさつ》をすると安念は照れ臭そうにはにかむのだと言う、犬の散歩をしていた女性。

両親が死んでからもずっと独り身だと話す中年男。

登下校中の小中学生と楽しそうに話をしているよと頬を緩ませる、向かいの家の老人。

安念を慮《おもんぱか》ってか口を閉ざす者。見かけたことはあるが話したことはないという者。

そして大半は、知らないという答えだった。当然といえば当然だ。近所づきあいがさほどない上に、事件後に転居してきたという者も少なくない。

一日、また一日と経つにつれ、何も知らないという人は増すばかりだった。否応《いやおう》のない無力感が、ただでさえ重い身体にのしかかった。

＊

話を聞き始めて五日目、八月三十日の夕刻。もう直接問い詰めるしか道はないかもしれないと考え始めた頃。

「だいぶ昔ですけどね、安念さん、私と一緒に登下校の見守り隊をやってたんです」

安念の自宅から約四百メートル、つつじ野小学校ほど近くの三角屋根の和邸宅。生い茂る庭木の落とす影の中で、伊本万里江《いもとまりえ》はそう言った。

「見守り隊？」

「ほら、よく見かけますでしょう？　道路に立って旗を振って、小学生が事故に遭わないように交通整理をする、あれですよ」

「それは、つつじ野小学校のですか」

「そりゃ、ええ」

生唾を飲みこむ。光彦の母校だ。

「安念さんはいつ頃から見守り隊に参加なさっていたんですか?」

「あぁ、どうでしたでしょうねえ」

伊本は首をかしげる。黒のレースのブラウスがほのかに揺れる。

「私が入ってから二年くらいでしたから、恐らくは、二〇〇六年頃ですねえ。確か金曜日のご担当でした」

「どんな様子でした?」

「真面目にやってらしたと思いますよ」

「それはいつ頃まで?」

「一年でお辞めになったんじゃないかと思います。そういう人、多いんですよ。やってみると案外大変ですからね。でも私は、子どもたちを見守って、たまにお喋りしたり仲良くなったりっていうのが楽しくって、気が付いたら二十年くらい経っちゃって。まあ、安念さんにもなついてる子はいたんですけどね、だからって、なかなかね」

最後の一文が耳に引っかかる。

「安念さんになついていた子というのは、どういう子でした?」

「え? ええっとね、小学校中学年か、高学年かの女の子だったと思いますけど――」

つぐみかけた伊本の口を、鮮烈に蘇《よみがえ》った記憶がこじ開けた。

「あ、そうだ、その女の子、黒のランドセルをしょってました。女の子なのに黒なんだなって、少し意外に思ったんです」

＊

赤い太陽が低い空に粘っていた。

いたって平和な住宅街に人気はない。電線にとまった鳩が仲間を求めてか、キョロキョロと細い首をねじっている。セミに交じって秋の虫が鳴いていた。

夕焼けに身を浸すようにして、徹は歩いていた。

一応は駅の方に向かっていた。だが歩みはのろかった。滲み出てくる汗を拭こうとも思わなかった。余分な動作をして思考に茶々を入れたくなかった。

安念と親しげにしていた女の子というのは、藤池凜香と考えていいだろう。

安念がつつじ野小学校の見守り隊を務めていた十六年前。凜香はつつじ野小学校の五年生で、光彦のおさがりの黒のランドセルを使っていた。

問題は、それが事件にどう関係しているかだ。

目一杯に夕日を吸い込み、ゆっくりと吐き出す。

真相はもう、手の届くところにある。

これまでに聞いてきた言葉を、徹は思い出す。

——動き封じるためなら、何もあんなボコボコにしなくたっていいでしょ？　百歩譲って、みっちゃんが被害者の人を恨んでたってんなら分かりますよ。でも、そうやないんでしょ？

黒部のだみ声が脳裏に響く。確かに安念への暴力は、捜査資料の文字面を追うだけでも痛々しいものだった。なにしろ暴行を受けていない箇所の方が珍しかったくらいなのだ。陰部の損傷具合を記す医学用語の羅列は正視に耐えなかったし、歯の破折も凄まじく、肋骨骨折ですら軽く見えた。

そして、光彦が凜香を介して安念と繋がった今、怨恨の線を机上の空論と退けることはできない。

——無論、強盗に仮託した怨恨の線も論理的にはないではないが、にしては強盗然とし過ぎている。強盗に見せかけるためだったら何も箪笥の奥まで調べて、へそくりなんかを盗む必要はない。盗みが目的だと考える方が合理的だ

即座に頭の中の出川が水を差す。安念宅が入念に物色されていたことを忘れるわけにはいかない。引き出しという引き出しが荒らされていたあの現場は、犯行の主目的が盗みにあったことを如実に物語っている。出川は正しい。仮に怨恨が動機だったのだとしたら、あんなに入念

な盗みに及ぶ必要はない。

オレンジの光の中で立ち止まる。パズルのピースは全て揃っているはずだ。

不意に蘇ったのは、関係がないはずの高地の声だ。

――あの女、被害届出してなかった。あいつに写真撮らせて、誰かに言ったらバラすぞって言ったのが効いたんですよ。咄嗟の機転にしちゃ、悪くないと思いません？

あの事件からさらに前、光彦が犯した罪。

――本当に、酷い拷問でした
そして安念の、何気ない一言。

――もともと子どもも好きですから
込み上げるものがあった。

それは、あまりにもおぞましい光景だった。

19

着いた時には、夏の長い夕方が終わりつつあった。

「こんな時間にすみません。もう一度だけお話を伺いたくて。よろしいですか」

玄関から半身を覗かせた凜香は、徹を無言のまま中に迎え入れた。

相変わらず、部屋には余計なものも散らかったところもない。無味乾燥さで競うなら、徹の部屋に張り合えるだろう。

正面に腰掛ける凜香を見つめる。小さな身体だ。本当に頭部を支え切れるのかと不安になるような細い首の下で、肩がわずかに丸め込まれている。少しでも触れてしまえば、あっけなく崩れてしまうような、そんな気すらした。

だからだろうか。開きかけた口を、徹は一旦《いったん》結び直した。

だが結局、徹の口は動いた。

「凜香さん、あなたは、つつじ野小学校に通ってましたよね。お兄さんからのおさがりの黒いランドセルを使って」

無言を肯定と受けとる。

「ある方が、こう言っていました。事件の被害者である安念喜吉さんが、事件の四年ほど前、つつじ野小学校の登下校の見守り活動をしていたと」

俯く凜香に徹は尋ねた。

「凜香さんはその頃、小学五年生でした。安念さんのこと、何か覚えていませんか」

不自然な数秒の間があった。

「いえ」

「でも、その方が見たというんです。安念さんと親しげにしていた児童がいたと。小学校中学年から高学年の女子児童で、黒のランドセルを背負っていたと」

唇が小刻みに痙攣している。

「あなたのことじゃありませんか？」

「違います」

「本当に？」

「はい」

「凜香さん――」

「私は何も知りません！」

荒い息が華奢《きやしや》な身体をとめどなく震わせる。

「帰ってください」

息の間隙《かんげき》を縫うようにして、掠れ声が漏れ出た。

本当はもう、引き下がるべきだと分かっていた。

それでも、止まることができなかった。徹は確かめたかった。

「小学五年生の頃、登下校の最中《さなか》、あなたは安念さんと仲良くなった」

伊本が目にした後ろ姿。

「そして、安念さんの家に出入りするようになったんじゃありませんか」

いじめと孤独に耐えてきた凜香の心の空白を安念は見通し、凜香が求めていたものを与えたのだろう。

「そのうちに、安念喜吉から性的な行為を強要されるようになった。それも恐らく、あなたを撮影した写真か映像かで、脅される形で」

かつて高地と園木が、他ならぬ光彦に、そうさせたように。

浅く不規則な息。凜香の肩が小刻みに、わなわなと揺れる。内へ内へと閉じていくような震えだった。凜香は力なく首を横に振った。だがそれは徹の問いへの否定ではなかった。それは拒絶だった。認めたくない過去を突き放そうとしているのだと思った。

「そうしたことが、事件直前まで続いた」

恐らくは小学五年生頃から、中学二年生までの間、凜香は孤独に残虐を耐えた。どんなに長かったか、どれほどの苦痛だったか、想像すら及ばない。

「でももう限界だった。誰かに打ち明けたかった。でも自分の被害が公にされるのは、絶対に嫌だった。だから警察にも、ご両親にも、相談できなかった」

徹は大きく息を吸い込んでから、

「そうなった時にはもう、相談できる相手がお兄さんしかいなかった」

全てを光彦に打ち明けるだけで、まだ子どもだった凜香には精一杯だっただろう。自分が順調な更生の道を歩む陰で、何の罪もない妹が、性的暴行に――あろうことか自らがかつて手を貸してしまった、魂の殺人に――長く苦しんでいた。

それを知った光彦は、凜香を自分の手で救うことを決意する。

二〇一〇年二月二十八日。周到な計画の下、光彦は安念に夜襲をかける。

「主な目的は、安念喜吉があなたを脅す材料にしていた写真や映像を奪い取り、そしてあなたの痕跡《こんせき》を安念の自宅から一掃することにあった」

金銭類を盗み出したのは強盗に見せかけるため。逆に貯金箱が残されていたのは、本当のところ現金などどうでもよかったからだ。簞笥預金が見つけ出されるほど隅々まで家捜しがされたのは、万が一にも凜香の私物や写真などが残っていてはまずいと考えたからに違いない。

「そして、その在処《ありか》を聞き出すために、お兄さんは安念を拷問した」

――本当に、酷い拷問でした

犯人が光彦であるということは、安念もすぐに分かったはずだ。あるいは、自分は凜香の兄だと光彦が自分から名乗ったのかもしれない。だとしても、安念がそのことを警察に告げるはずがない。罪を自白するに等しいからだ。

安念が大和に偽証を頼み込んだ理由も今なら分かる。捜査が長期化すればするほど、安念が凛香にしてきたことが露見する確率が高まる。警察がいつ何時その可能性に辿り着くか分からない。耐えかねた凛香が口を開いてしまうかもしれない。ことによると、凛香が安念の自宅に出入りするのをたまたま見かけていた誰かがいるかもしれない。そのことを思い出して警察に告げてしまうかもしれない。

——もし捕まったらどうしよう、バレちゃったらどうしようって。そういう、もしかしたら、もしかしたらっていう宙ぶらりんの状態が、一番こたえるんだ

宙ぶらりんな状態に置かれた安念は、どうしようもなく不安になった。

だから、光彦の車のリアガラスにマルーンのステッカーが貼ってあったという、恐らくは凛香を通じて知っていた情報を元手に、一か八かの賭けに打って出た。それこそが大和への偽証の依頼だった。

安念は光彦を犯人に仕立て上げたかったのではない。一刻も早く、警察に光彦が犯人だと結論付けて欲しかったのだ。自分の罪をも炙《あぶ》り出しかねない捜査をやめさせたかったのだ。

焦りに駆られていた捜査本部は、まんまとその罠《わな》にはまった。いや、進んで罠にかかりに行ったと言ってもいい。

「でもお兄さんにはもう一つ、大きな目的があった。安念を去勢することだ」

拷問の過程で、光彦は睾丸や陰茎を激しく暴行した。それを使って、二度と性的な行為がで

きなくなるように。

しかし、もし男性器だけを念入りに暴行してしまえば、安念は何らかの性的犯罪に手を染めていたがために復讐《ふくしゅう》を受けたという見立てを呼び込みかねない。

だから光彦は考えた。木を隠すなら森の中、暴力を隠すなら暴力の中――

単なる衝動の爆発などでは決してない。復讐。拷問の手段。カモフラージュ。光彦の暴力には三重の意味が込められていた。

赤く腫れた光彦の右手を思い出す。安念の身体を一体、何度殴打したのだろう。

光彦は安念を裁いたのだ。

法は光彦を責めるだろう。だが、人の誰が、光彦を責めるだろう。

「全てが、うまく行くはずだった」

凜香の震えが徹の声に伝播《でんぱ》する。

「でも、自分の運転する車に、遭遇してしまった」

あの時の光彦の横顔が脳裏をよぎる。

「そして、あんなことに、なってしまった」

光彦は懸命に逃げた。絶対に見つかるわけにはいかなかった。妹を守るために、光彦は危険を承知でアクセルを踏み込み、そしてコントロールを失った。伊地知家の車に衝突して横転し、燃え上がる火の中で命を落とした。

事の次第が明らかになるにつれ、光彦の犯行が自分のためのものだったということに、凜香は気が付いたに違いない。自分が兄に打ち明けなければ、自分が何か違う選択をしていれば、五人の命が失われることはなかった——十四歳の子どもには重すぎる十字架を、凜香は背負わされた。それから十二年間、自責の念に駆られ、後悔に押し潰されてきたに違いない。

「全部、俺のせいだ。君のせいじゃない」

そう言いながら、また思う。あの時、もしアクセルを踏み込まなかったなら。

「君は何も、悪くない」

その言葉が届かないことを誰よりも知っているのに、そうとしか言えなかった。

音を呑むような沈黙があった。

「誰にも」

今にも崩れ落ちそうな積み木の塔のように揺れる体から、微かに声が漏れる。絶望を携えた無表情だった。涙すら枯れ果てているのだと悟った。

「誰にも、言わないでください」

凜香は静かに、頭を下げた。

20

帰るまでの間、地面を踏みしめているという実感がなかった。感じるものの全てが、まるで磨《す》りガラス越しであるかのようにぼやけていた。

歩いて駅に向かい、財布を取り出して改札にかざし、それも、リーダーがしっかりと読み取ってくれるように、ほぼ接触させるくらいに近づける。人の少ない列に並んで乗り込み、誰が触ったかも分からない吊革を握りしめる。冷房の風が回ってくるのを心待ちにする。人波に身を任せるようにして乗り換える。最寄り駅に降り立ち、帰るべき場所へ足を動かす。徹の身体は染みついた習慣的動作を粛々と遂行する。

しかし世界の一部として自分があるという素朴な確信は、もうどこにも見当たらなかった。現実から隔離されているような気がした。脳内に繰り返し流れるあの日の映像の方が、よほど鮮烈でリアリティがあるように思われた。あの衝撃と爆音。立ち込める煙火の臭気。それをただ呆然《ぼうぜん》と見つめる自分の、いやに落ち着き払った呼吸。

月明かりに鈍く光るドアノブを掴む手を見ながら、あの炎の中に、その先の未来が詰まっていたのかもしれないと思った。

徹が家庭を離れたこと。

青柿が不信と曖昧の海の中で苦しんだこと。

水脇が職を辞す決意をしたこと。

安念が安穏と生き永らえてきたこと。

菊子や稔が理不尽を耐え忍んできたこと。

凜香が誰にも何も言えぬまま、自らを責めてきたこと。

あの日から、何もかもが惰性なのかもしれない。

*

八月最終日。目が覚めた時には十二時を過ぎていた。

重い身体を気力で持ち上げ、机の前に座った。パソコンを開き、青柿にメールを打った。

『何も出てきやしなかった。明後日《あさって》からまた、よろしく』。

鞄《かばん》の中からメモ帳を取り出した。ページをパラパラと捲《めく》って、事件に関わった人々の様々な思いを、ゆっくりと、何度も指先でなぞった。

それから徹は立ち上がる。

現行法上の強制性交罪の時効は十年。凛香に加えた性的暴行を理由に安念を訴追することはもはやできない。

もちろん真相を白日の下に晒せば、安念に社会的制裁を与えることはできるだろう。だが、被害を公にしたくないという凛香の望みを踏みにじるわけにはいかない。また、全てが明らかになれば、十二年前にも匹敵する激しい報道合戦になる。ようやく訪れた平穏な暮らしを、藤池家は失うことになる。

事件を調べ直すことに決めたのは、ひとえに藤池家のためだった。その顚末《てんまつ》が、藤池家のさらなる苦しみであっていいはずがない。

だからといって、このまま指を咥えているつもりはない。一つ、気がかりなこともある。

捜査は終わった。だが最後の仕事が残っている。

第二章

二〇二二年 九月

1

父との一番の思い出は何かと問われたなら、迷いなく私は福引と答える。

あの日の記憶はやたら鮮明だ。小学二年生の夏、お盆のまっただなか。父が朝から家にいるのは久しぶりだった。かなり疲れていたのか、その日の父はいつにもまして気が抜けていた。テレビをザッピングしたかと思えば、ちっとも読み終わらないままインテリアみたいになっている小説を手に取り、しばらくページを捲《めく》ってみるものの、集中力の限界を迎えて早々に栞《しおり》を挟み、またテレビをつける。ずっとこんな調子だった。

そんな父の気を引こうと、計算ドリルもそこそこに、私はあれこれと話しかけた。学校のことや友達のこと、アニメのこと。相槌《あいづち》のバリエーションこそ少なかったけれど、父は時おり私の頭を撫《な》でながら、ていねいに話を聞いてくれた。

母がだるいと言い始めたのは昼ご飯を食べ終えてからだった。軽い夏バテらしく、「お父さんと一緒に買い物に行って来てくれない？」と、ベッドに横になった母から頼まれた。

こうして、暑さの落ち着いた五時過ぎ、私は父とスーパーに出かけた。

父と二人での買い物は、多分あれが最初で最後だと思う。母のことは心配だったが、それはそれとして心は躍っていた。スーパーへの道すがらちょこまかと動き回る私を、父は持て余し気味だった。

スーパーに着くなり聞こえてきたのは軽やかな金属音だった。出口の脇で金色のベルが鳴っている。父の手をふりほどき、袋詰め用のスペースを抜けて音の方へ向かう。

やっぱりガラガラだ。

ようやく追いついてきた父に、どうすればガラガラを回せるのか尋ねた。私を叱るタイミングを逃した父は肩をすくめ、ポスターに書かれているルールをかいつまんで説明してくれた。千円買うごとに一度回すことができ、一等の金は一泊二日の京都ペア旅行券。二等の赤はマルーンの時計――そこで私は素っ頓狂《とんきょう》な大声を上げた。マルーン時計！

沢山回したいから沢山買ってと私はせがんだ。困り顔で父は笑った。

母のメモに導かれるようにして店中をカートで回る。夕ご飯の豚の生姜《しょうが》焼きのためにバラ肉とキャベツをカゴに入れ、ちょうどストックが切れる頃合いだったのだろう、みりんや醬油《しょうゆ》ものせ、氷やジュース、アルコール類も加えた。父に聞くと二千五百円くらいだろうという。私としては五キロの米や高級焼き肉セットを購入してガラガラチャンスを増やしたかったが、さすがの父も首を縦に振らない。その代わり、二つ三つお菓子を買っていいと言われた。私が虫歯がちであるのを気にしてあまりお菓子を買ってくれない母より、父は随分甘かった。

ところがだ。レジで会計してみると三千六百円だという。お菓子を買わなくたって三千円台だったのだ。計算ミスに気づいて、苦い顔で会計を済ませる父を、私はほくそ笑みながら見上げた。

それから、たった三枚の券を握りしめ、ガラガラの列に並んだ。私の前にいた何人かはあっさり白玉のポケットティッシュに倒れ、順番はすぐ巡ってきた。赤いはっぴの店員に折れ曲がった券を手渡す。子ども用の踏み台に乗り、小さな身体なりに大きな息を吐く。

ハンドルを握った時、ふとそうしたくなって、一緒に回そうと父に言った。父の大きな手が私の小さな手を包んだ。

「せーの！」二人でハンドルを回した。

シャカシャカと乾いた音がする。白玉が転がり出る。次も白玉だ。違う。私が欲しいのは、その白玉じゃない。

最後の一回。飛び出したのは赤玉だった。

ベルが鳴り、甲高い声が響く。「二等賞！」

「やった！」と両手を突き上げ、そして父の方を見た。歯並びが見えるくらいの大きな笑顔だった。父も喜んでくれている。そのことが嬉《うれ》しかった。

＊

それからずっとリビングに飾っていたマルーン時計を、子どもっぽいからと物置にしまいこんでから数カ月、あの事故があった。

事故の日の朝、遅刻覚悟で父を待った。帰ってきた父の顔は土色で、一気に十歳、二十歳も齢《とし》をとったように見えた。とっさに「大丈夫?」と尋ねた。「まあ、うん、大丈夫」と、父はそう返したのだと思う――思うというのは、声が小さかったうえに、ろれつがまわっていなかったからだ。父は靴をそろえるのも忘れて、二階の自室の中へと消えていった。

同級生やメディアやネットが、誰が何と言おうが関係ない。父は悪くないと思った。父にも何度もそう言った。悪いことをしていない父が苦しむなんて、そんなのおかしいと思った。

父に堂々と胸を張っていて欲しかった。そうしていいと思って欲しかった。

でも父は、自分の部屋にこもったまま出てこない。

なんにも悪いことしてないのに、なんでそうやって、自分を責め立てるの?

お父さんは悪くないっていう私の声を、どうして聴いてくれないの?

母に止められながらも私はまくしたてた。父は何も言わなかった。

*

「やらしいわよ、本当に。やらしい」

原口文江《はらぐちふみえ》が口をへの字に曲げている。

「こんな小遣い稼ぎじゃなくて、もっと大きな悪を潰《つぶ》しなさいよ警察は」

「それは刑事部とか公安部の仕事ですから」

澄ました口調で返す。九月に入って二日目の昼下がり、厳しい日差しは制服の中をサウナにしつつあるが、不快感を顔に出せば長引くだけだ。

「そういう問題じゃないのよ」

なら、どういう問題なのだろう。

「原口さん。お分かりかと思いますが、交通ルールを守ることは事故を減らす――」

「はいはい、分かってます」

四十キロ制限の柴又《しばまた》街道を十八キロオーバー。違反点数一点の速度超過だ。交通反則告知書と仮納付書を渡し、八日以内に反則金を払うようにと慣れた説明をする。

「それでは、くれぐれも安全運転をお願いします」

「はいはい」

私のような若い女に諭されるようなことではないと顔に書いてあった。青のミニバンは苛立《いらだ》たしげに車列へ溶けこんでいった。

助手席に乗り込むと、先に運転席に戻っていた相浦《あいうら》が伸びをした。

「なんて言われた？」

「もっと大きな悪を潰せと」

「悪いことしてるって自覚があるだけいい」

違反者はまずもって、ルールを守るべきだという正常な感覚を持っている。良識をフル稼働させて、表向きだけであっても、反省の態度を示す者も多い。一方、あからさまな反感を示す違反者もいる。しかめ面、舌打ちや小言ならまだマシで、文江など対処が楽な部類だ。違反などしていないと意地を張る者もいる。罵《ののし》られたり、胸倉を摑《つか》まれたりすることだってある。

そういうことに腹を立てているうちは半人前とよく言われる。今日はどんな反応が見られるだろうと楽しみにできてこそ一人前なのだ。私も交通機動隊配属二年目にして、警邏《けいら》を「サファリパークのバスツアー」に喩《たと》える相浦の気持ちがようやく分かってきた。

「まぁ、イラつく気持ちも分からないではない」

信号で停まると、相浦がなじみの台詞《せりふ》を放つ。

「俺らに見つかった不運には同情する」

「またそれですか」

「またそれで悪いね。所詮《しょせん》、すりきれた中年警官のざれごとさ」

「そこまで言ってません」

「そうかい」

「前も言いましたけど、不運だとしても、私は同情しません」

「悪いことしたなら罰を受けて当然と、こういうわけだ。警察官かくあるべしと」

相浦は私の口調に少し寄せて言う。

「すみませんね、青臭くて」

「いいや。加齢臭よりは断然いい」

思わず笑ってしまう。相浦との乗務は楽しい。

文江の後は大したトラブルもなく済んだ。押上署《おしあげ》への帰隊は三時半過ぎだった。

ライトの動作確認やエンジン音のチェックを五分ほどで終え、相浦とともに二階へ向かう。

手早く書類を取りまとめれば定時退庁も夢じゃない。

「松野、ちょっと」

しかし戻るなり、隊長の有馬《ありま》に呼ばれた。即座に何かヘマをしたかと自問する。身に覚えがないけれど、ミスに身に覚えがあった例《ため》しもない。

だが有馬が告げたのは、ミスよりも残業よりも、よっぽど恐ろしいことだった。

「捜査一課の青柿警部から連絡があった。松野徹警部補――君のお父さんと、連絡が取れないらしい」

2

書類作成は相浦に任せて非常用の外階段に出た。スカイツリーには目もくれずに教えられた電話番号に掛けると、すぐに繋《つな》がった。

「特命捜査第四係の青柿です」

女性の声だ。少し驚く。

「松野莉帆です。父がいつもお世話になっています」

「いえ、こちらこそ」

「それで、どういう状況なんでしょうか」

「九時を過ぎても登庁せず、電話も通じません。お母様にお願いして自宅の方も確認してもらったんですが、やはり姿はありませんでした。引き続き連絡が取れないか試して頂いてます」

胃のあたりがズンと重くなる。紛れもない失踪《しっそう》だ。

「莉帆さんの方に、松野さんから何か連絡があったりはしませんか？」

「いえ、特に」

「では松野さんが行きそうな場所に、どこか心当たりはありませんか？」

「すみません、あまり会っているわけではないので」

「そうですか」

青柿の声が落ちる。

「あの、父は何かに巻き込まれたんでしょうか」

「そこはまだ、何とも」

「最近の父に何か変わったところは？」

「昨日までの一週間は有休で、今日が休み明け最初の登庁日でした」

「有休？　父がですか？」

「はい」

「それは、どうして？」

「少し体調を崩し気味だという理由でした」

体調不良で有休——父らしくないような気がする。

「本日中に連絡が取れなかった場合、お母様に行方不明者届をご提出頂く予定です。それから今日この後、お母様に立ち会って頂いて、松野さんの部屋を検《あらた》めさせて頂くつもりです」

「この後というのは、何時頃ですか？」

「梅ヶ丘駅で十八時頃、待ち合わせる予定です」

「それは、私も立ち会えますか？」

思わず聞いた。

「ええ、もちろん構いません」

「では私も伺います」

「承知しました。また後ほど、よろしくお願いします」

続けて母に掛けた。通話中で繋がらなかったが、すぐに折り返しがあった。

「ごめん、電話取れなくって」

声が疲れている。

「全然。今、お父さんに掛けてた？」

「うん」

「出ない？」

「うん。さっきからずっと掛けてるけど電源が入ってないみたい」

「お父さんの部屋に行ったって？」

「青柿さんから聞いた？」

「うん。いなかったんでしょ？」

「そりゃ、いたらこうなってないわよね」

「何か手掛かりみたいなものあった？」

「全然。青柿さんにちゃんと見てもらわないと分かんないけどね」

「お母さん、立ち会いするんでしょ？」

「うん」

「それ私も行こうと思うの」

ワンテンポの間。

「だって、仕事は？」

「今日はもう大丈夫」

「私一人で何とかなるから、仕事があるなら、それを優先でいいのよ」

「私が行きたいだけだから大丈夫。明日《あした》土曜だし、仕事も今日はいいって」

母は軽く息をつき、

「分かった。じゃあ、また後でね」

急いで自分のデスクに戻って鞄《かばん》を手に取った。と、相浦が私のデスクに何か投げて寄越《よこ》した。

塩レモンの飴玉《あめだま》だった。

相浦のヒラヒラと揺れる右手は、礼には及ばないと告げていた。

飴玉を口に放ると、酸っぱさが舌に沁《し》みた。

3

ホームに降り立つ足に緊張の糸がからむ。

梅ヶ丘。一体どれくらいぶりだろう。実家がある経堂《きょうどう》を訪れることは今でも多いし、その度に通過はしている。でも、少なくとも警察官になってからは降りたおぼえがない。

駅舎を出ると、線路と平行にまっすぐ延びるメインの通りがある。

行き交う人の談笑にケーキ屋のドアベルの音がかぶさる。高架を走り抜ける急行列車、レジ袋を風になびかせる電動自転車。通行人が道を空けるのを待って、ノロノロと焦《じ》れたように進む自動車。街の雰囲気や佇《たたず》まいは何一つ変わっていない。

南口を出てすぐ左にある木のベンチに目をやる。我が家の集合場所だった頃からさらに退色が進んで、すっかり鼠色になっていた。

まだ三人で暮らしていた頃、父の仕事終わりに外食するなら決まって梅ヶ丘だった。急な呼び出しがあるかもしれないからという父の要望に応《こた》えてのことだ。「電車で三分なんだから経堂でもいいじゃない」と母はよくぐちっていたが、父は頑《かたく》なだった。

「莉帆、早いわね」

五時五十五分、その母が来た。

「ちょうどうまく乗り継げたから」

母はせわしく頷《うなず》く。目に見えて顔色が悪い。

「大丈夫、お母さん？」

口に出してから、こういう時は大丈夫と尋ねてはいけないのではと思い出す。

「うん。平気よ」

言葉通りには受けとれない。ライトグレーのワンピースに揃いのジャケットというフォーマルな出《い》で立ちに、張り詰めた心が表れている。

「一体どうしちゃったのかね、お父さんは」

少しおどけた風に言ってみたが、母は「ねぇ」と心ここにあらずの返答をして、それきり口をつぐんでしまった。何か話をする気にはなれず、私も少し黙った。

数分して、後ろで髪をまとめたスーツ姿の女性が現れた。

「松野瞳《ひとみ》さんと、莉帆さんですね？」

名刺には青柿元子《もとこ》と記されていた。

挨拶《あいさつ》もそこそこに商店街を進む。母が先導し、私と青柿がついていく。しばらくぶりに歩く道だが、ノスタルジーにひたっている場合ではない。

となりを歩く青柿をチラリと見た。背の高さは私と同じくらい。整った顔立ちだが、キリリと上がった目尻《めじり》には貫禄《かんろく》がある。

「莉帆さんは、交通機動隊でしたっけ」

私の視線に気づいた青柿が尋ねてきた。

「第七方面交通機動隊です」

「第七方面っていうと、葛飾《かつしか》とか墨田《すみだ》とか、その辺り？」

「はい」

「白バイ？」

「いえ、車両警邏です」

その後も警察学校卒業年や交通機動隊配属の年を聞かれた。

「じゃあお父さん喜んだでしょう、莉帆さんが警察官になるって聞いて」

それまではリズムよく返せていたのが、少しうろたえた。

「どうなんでしょう」

大学三年の時点で、警察官になろうという意志は固まっていた。法を犯した悪人を検挙し、社会の秩序を維持する。その明快さに惹《ひ》かれた。母は莉帆が決めることだからと賛成も反対もしなかった。父は無理に警察官になる必要はないと言うだけだった。

「父は、職場ではどんな感じですか」

今度は私が聞く。

「優秀ですよ。じゃなきゃウチには来られませんから」

「優秀っていうのは、どんな風に？」

「どんな風に――」

青柿は思案顔になった。

「しつこいところ、ですかね」

もちろん良い意味で、と青柿は慌てて付け足した。言い得て妙だと私は思った。

しばらくして母が立ち止まったのは、だいぶ年季の入ったアパートの前だった。白壁に貼りつけられた板には垢ぬけない書体で「ラ・コーポ梅が丘」とある。

階段を上がった先の奥が父の部屋だった。なぜか偏《へん》の方が旁《つくり》よりちょっと大きい父の字で、松野とある。心なしか鼓動が速くなる。

薄っぺらい鍵《かぎ》がノブに差し込まれ、ドアが開く。白い手袋をはめた青柿に続いて、私は初めて父のアパートに入った。

奥のカーテンが閉まっていることもあって薄暗い。青柿がスイッチを押すと、蛍光灯が室内を照らし出す。向かって左にベッドと机、右に洋服簞笥《だんす》がある。カーテンの向こうには名ばかりのバルコニーがあって、洗濯機が置かれている。壁にはあのマルーン時計がかかっていた。家を出る土壇場になって父が持ち出したんだったと思い出す。

「先ほどいらっしゃった時も、この状態だったんですよね？」

青柿に尋ねられた母はおどおどと頷く。

「では改めて、一通り調べさせて頂きます」

掛け布団やベッドの下、机の上や引き出し、簞笥、浴室、ゴミ箱の中まで、青柿は念入りだった。それでもこの狭さと物のなさだ。十五分くらいで一周した。

「何か、分かりましたか?」

遠慮がちに母が尋ねる。

「めぼしいものはありませんが、八月三十日早朝が消費期限の弁当ガラが捨ててありました。断言はできませんが、少なくとも八月二十九日か三十日くらいまでは、松野さんはこの部屋を使っていたのではないかと考えられます」

「つまり、昨日、一昨日《おととい》くらいから、父はここに戻ってきていないと?」

「まだ憶測の域を出ませんが。それから、ないものもいくつかあります。警察手帳、財布、携帯、それにいつも使っている捜査用のメモ帳がありません」

「それって変じゃないですか?」

ほとんど反射的に声が飛び出た。

「普通の外出なら、メモ帳も警察手帳も持って行きませんよね? だったらこの部屋に残されているはずですよね? なのに、どうしてないんでしょう?」

「そういった点も、捜査をしてみないことには、なんとも」

「本当に体調不良だったんでしょうか?」

「少なくとも松野さんは、そう言ってお休みを取られました」

「じゃあ有休を取る前、父の体調はどうでした? 具合悪そうでしたか?」

「どうでしょう、そこまではちょっと」

「それでいきなり、一週間も体調不良で休みって、変だなって思いませんでしたか？」

「ちょっと莉帆、そんなにまくしたてないの。青柿さんもお困りでしょ？」

母の声に我に返る。いつの間にか質問攻めにしてしまっていた。

「すみません、ちょっと気が急《せ》いてしまって」

「気にしないでください。気持ちが焦るのも無理ありません」

それから青柿は机の方に目をやり、

「こちらのパソコンは持ち帰って解析させて頂いてもよろしいですか？」

母は頷く。机の引き出しから出てきたものの、パスワードが分からないために後回しにされていた、父私用のノートパソコンだ。

と、ふと思い出す。

「あの、もしかしたらパスワード分かるかもしれないです」

かつて実家の父の部屋にあったデスクトップパソコンのパスワードは私の生年月日を逆にした数だった。物は試しと入力してみると、あっさりロックが解除された。

次の瞬間、画面に表示された文字列に、私の目は釘付けになった。

それは父が打ったメールだった。『何も出てきやしなかった。明後日からまた、よろしく』。発信日は一昨日、八月三十一日午後一時五分。送信先は青柿になっている。

「助かります。ではこちら、お預かりしますね」

何気ない口調でパソコンを取り上げようとする青柿の腕をつかむ。

「なんですか、これ?」

「——というと?」

「何も出てきやしなかったって、父は何かを調べていたんですか?」

青柿は黙りこくる。もう一度、念を押すように聞く。

「どうなんですか」

「——松野さんは、ある事件について、独自に捜査をしていました」

答える青柿の顔からは血の気が失《う》せていた。

「なんで隠してたんですか?」

「もう少し状況が分かってからと思っていたので」

「過去の事件というのは?」

「それは、捜査事項なので」

「ということは、特命捜査四係として捜査を進めている事件ということですか?」

また青柿の口が止まる。自分の矛盾に気づいたからだ。

「そうじゃないですよね。だったら有休を消化して調べる必要なんかない。つまり父は、何かを私的に調べていた。そうなんですね?」

「ひとまずパソコンを、私の方に預けて頂けませんか」

「任意ですよね? ならお渡しできません」

「ちょっと莉帆」

「お母さんは黙ってて」

私は青柿に向き直る。

「このパソコンの中を見れば、どのみち答えが分かるんです。教えてくれませんか」

沈黙が十数秒あった。やがて観念したように、青柿は言った。

「松野さんは、藤池光彦事件を調べ直していました」

一瞬、聞き違えだと思った。

「すみません、何て――」

「藤池光彦の事件です」

今度は聞き違えようがなかった。それでも耳を疑った。意味不明だった。

「父が？」

「ええ」

「それは、何か関係のある事件が起きたりしたんですか？」

青柿は首を横に振った。

「藤池光彦の遺族の方に頼まれたと、本人はそう言っていました」

意味が分からなかった。

私の想像と理解を、父は超えていた。

思わず母を振り返った。母は能面のような無表情だった。現実を受け入れまいと心の扉を閉ざしているような、そんな感じがした。

「そう聞いて何か、思い当たることなどありませんか？」

あるはずがない。

「私は、今回の失踪と藤池光彦事件は無関係だと考えています。裏があるということが、なかなか考えにくい事件ですので、だから、すぐにお伝えする必要もないかと考えました」

言い訳がましくも聞こえたし、どこか自分に言い聞かせるようでもあった。

「このことはひとまずご内密にお願いします。引き続き、私の方で調べてみます」

4

そのまま実家で一泊することにした。

経堂は熱帯夜だった。汗かきな私とは反対に、前を歩く母の首筋には汗玉一つない。皮膚がゴムでできているのではと疑いたくなる。

いつもなら横並びで歩いて、数日ですっかり忘れてしまうようなとりとめのない話をするところだけれど、私たちはずっと無言だった。

もし、この瞬間に駆け出して行って母の前に回り込んだなら、母はいったいどういう表情をしているだろうか。きっと泣いても笑ってもいないだろう。何となくだけれど、さっき目にしたあの能面のような顔をしているような気がする。

お盆に帰ってきたばかりの実家だが、どこか物悲しさが漂っているように見える。私より三歳年下、築二十三年の二階建てだ。

「先にシャワー浴びるでしょ？」

玄関で靴を脱ぎながら母が言う。

「莉帆が入ってる間にご飯の支度しとくから」

「手伝うよ」

「大丈夫。すぐだから」

母の言葉に甘え、湯水を頭からかぶる。汗と汚れを洗い落とすにつれ、知らぬ間に身体を覆っていた薄い膜が破れたみたいに息がしやすくなった。

母が入れ替わりにシャワーに行ってからソファに寝そべった。テレビをつけて、何とはなしにザッピングする。ドッキリ企画は芸人のオーバーリアクションがうるさかった。骨太そうな刑事ドラマは画面が暗くて気が滅入《めい》った。結局、BSのクルーズ紀行に落ち着いた。自分の思っていた以上に心が疲れていたのかもしれない。いつしかエメラルドの海に見入ってしまい、シャワーから戻ってきた母が夕飯を完成させるまでソファから動くことができなかった。

夕飯の主菜は定番の生姜焼きだった。湯気の立つ豚バラ肉。変わりがない味。

「そろそろ昇進かもって話はどうなったの？」

しばらく食べ進めてから尋ねた。父のことを話すのは後でいい。

「そろそろって言っても、半年くらい先よ」

私が高校生になってから、母は大手アパレルチェーンで働きはじめた。最初はアルバイトだったのが、数年前にめでたく正社員に登用され、今ではフルタイムだ。

「なんか受かったら、格好いい名前になるんでしょ？」

「ソムリエね」

「そうそう、ソムリエ」

「名前がいちいち大袈裟《おおげさ》なのよ」

「結構偉いんでしょ？」

「店長の次くらいかな」

「凄《すご》いじゃん」

「なれればね」

「勉強してる？」

「もちろん。服の種類とか素材とか、今までよりもっと細かく覚えなきゃだから大変」

私の試験と同じだ。もっとも、暗記するのは細々《こまごま》とした法令だけれど。

「莉帆の昇進試験の方はどうなの？」

聞かれるのを予想はしていてもドキリとはするものだ。

「今はまだ忙しくて、落ち着いたら」

母の眼光が一段鋭くなる。

「この前もそう言ってたわよ」

「この前ってお盆でしょ。一カ月も経ってないじゃん」

「まあそうだけど、若いうちに頑張って稼いだ方が身のためよ。将来のこともあるんだし」

「分かってる」とりあえずそう答える。

食べ物が胃に収まり、私は洗い物を買って出た。母はソファに身を沈め、テレビをつけた。

「冷蔵庫にコーヒーあるけど飲む？」

片付けが済むタイミングを見計らうようにして、母が声を張る。

「うん。お母さんは？」

「じゃ、お願い」

冷蔵庫の中段には大きめの紙パックが四つも並んでいた。スペース確保のためか、中段を定位置としている七味やラー油の小瓶が上段への仮住まいを強いられている。取り出してみると「清流コーヒー」と書いてあった。パッケージの説明によれば、どこぞの湧水を使用しているらしい。それを清流と呼べるのかを含め、ネーミングセンスに大いに問題がある。

「通販、これ？」

「そう。箱買いしちゃった」

「いくら？」

「十二本で五千円くらい？」

「冷蔵庫に入ってるので終わり？」

「そ、残ってるの全部入れちゃったから」

「どう、味は？」

「それは飲んでみてのお楽しみ」

母の隣に座り、口に含んでみる。正直、缶コーヒーとの味の違いが分からない。湧き水のまろやかさは庶民には繊細すぎるのだろう。

母は液晶に視線を投げてはいる。が、見ているという風ではない。

「ねえ、お母さん」

意を決して話しかけた。

「ん？」

母は頭だけ私の方に向けた。テレビを消そうかとも思ったが、むしろ雑音があった方がいいと思い直した。

「お父さんが、あの事件を調べてたっていう、あのほら、犯人の――藤池光彦の、遺族の人に頼まれてさ」

考えていることが上手《うま》く言葉に置き換わらない。

「お母さんはさ、どう思う？」

「どう思うって？」

「お父さんが引き受けたの、なんでだと思う？　というか、なんで遺族の人は、お父さんに頼んだんだと思う？」

よりによって、どうして父なのだ。

「このことと、お父さんが失踪したのと、関係があると思う？」

例えば藤池光彦の遺族が、今でも父を恨み憎んでいたとしたら――

「莉帆が分かんないんだったら、お母さんにも分かんないよ」

テレビに目を向けたまま母は言う。

「青柿さんが調べてくださるのを、私たちは待っていましょう」

「それでいいのかな」

私は食い下がる。

「信用していいのかな、青柿さんのこと」

「どういう意味？」

「だってお父さんが調べ直してたこと、黙ってたじゃん」

「私たちに余計な心配をかけないようにって思ってくれたんじゃない？　現にほら、莉帆は色んなこと考えちゃってるでしょ」

「いや、でも、でもさ」

「疑心暗鬼になるのはよしなさい」

ぴしゃりと母は言った。

「余計なことは考えずに、もう今日は休みましょう」

母はテレビを消し、「おやすみ」と言い置いて、二階に上がっていった。

リビングの電気を消してから、私も二階の自室に向かった。ベッドに倒れ込み、瞼《まぶた》をギュッと閉じた。考えたら眠れなくなる。その代わり、今ここを感じることに気持ちを注ぐ。

布団の匂い。心拍音。シーツの滑らかさ。直視にたえない現場があった夜にする、強制シャットダウン。

おびえ切った眠りが、ゆっくりと近づいて来る。

そして眠りに落ちる寸前、かぼそい記憶の糸が揺れる。

あの少女は――藤池凜香は、今でも私に謝るのだろうか。

5

七時前に目が開いた。

早すぎる。もう一度寝付こうとしてみたが、すぐに無駄と分かる。

母を起こさないよう静かにドアを開けると、真正面に父の部屋がある。考えてみれば、もう長いこと足を踏み入れていない。

気づけば、すり足で父の部屋へと向かっていた。

中は咳《せき》をするほどではないが埃《ほこり》っぽかった。窓からほのかな朝日が差し込んでいる。母は物置として使っていると言っていたが、かつてベッドがあった場所に二、三の段ボール箱が転がっているくらいだ。収納スペースの傍らの本棚には、父の読みかけだろう、名作ミステリが数冊横になっている。窓の右側にある机の引き出しを開けてみる。黒ずんだ十円玉があった。

父の痕跡《こんせき》は薄い。

事故直後、この部屋にこもった父に、私は毎日食事を届けた。父は何もせずにぼうっとしているか、地べたに座り、小型テレビで事件の報道を見ているかしていた。パソコンでネット掲示板のスレッドをスクロールしていることもあった。

私には父の気が知れなかった。

やがて事件は解決して、父は仕事に戻った。でも日常は戻らなかった。父は家に帰ってくることが減り、家での口数も減った。私の目を見てくれなくなった。

数年して、父は出て行った。母との籍は残したままに。

父からの離婚の申し出をなぜ断ったのか、母に聞いたことはない。けれど、思うに母は、家族のつながりをきちんと保っておきたかったんじゃないか。いつか父が戻って来たいと思った時のために、帰り道を残しておきたかったんじゃないだろうか。少し父に甘すぎるような気もするが、人の良い母のことだ。ありえない話ではない。

不思議なことに、それから時たま会う時の父は、幾分か昔の姿に戻った。また私の話に耳を傾けてくれるようになった。慈しむような眼差《まなざ》しをまっすぐに感じるようになった。

でも、父の表情には必ず陰があった。私を目の前にするのが辛《つら》そうですらあった。「そんな顔しないでよ」と何度口に出したか知れない。その度、父は申し訳なさそうに首を横に振るのだ。

だからかは分からないが、いつしか私は父に会わなくなった。会いたくないわけでは、決してない。

よどんでいる空気を入れ替えようと窓を開けた。外気は生温《なまぬる》く、お世辞にも爽《さわ》やかではない。

それでも風にはどこか丸みがある。秋の気配かもしれない。

その時、木の軋《きし》む音がした。

「何してるの？」

開いたドアを背に母が立っていた。眠たげな目が細い。声に微《かす》かな険がある。

「ごめん、起こしちゃった？」

「なんかガタガタしてたから」

私は身を縮める。

「ま、ついでだから起きちゃうわ。朝ごはんにしましょう」

これ見よがしにあくびをしながら、母が階段を下りていく。

何となく後ろ髪が引かれるような感じがするのを振り払って、私は母の後を追った。

6

青空の下、眼前の表札を見つめる。藤池。間違いない。ここだ。

実家を出てすぐ、藤池光彦、実家、住所と検索エンジンに打ち込んだ。一番上に出てきたサイトの中に、住所はあっけなく見つかった。

母の言うみたいに、青柿に任せてじっとしているべきなのかもしれない。ここまでするなんて自分でも異常だと思う。だからといって自分に驚きはしない。前にも似たようなことがあった。何かの拍子にスイッチが入ってしまうと、居ても立っても居られない性質《たち》なのだ。

藤池光彦の遺族が事件の再捜査を父に頼み、父はそれを受け入れた——私にはどうしても理解できない。父が光彦の遺族に殺されたという方がはるかに現実味がある。あるいは本当にそうなのかもしれない。そう考えるとインターホンにのばす指が震えた。

「はい」

インターホンが男性の声で答えた。

「松野莉帆と申します」

いったん言葉を切ってから、続けた。

「松野徹の娘です。少しよろしいでしょうか」

「今、行きます」

慌てた様子だった。数秒して気の優しそうな男性が出てきた。藤池稔だろう。

「突然すみません。実は、父が失踪しまして。何かご存じないかと」

稔の顔色が一瞬で変わる。

「失踪、ですか？」

「はい」

「それは、いつから？」

「昨日から連絡が取れてません」

「昨日――すみません、えっと、とにかく中へどうぞ」

そうして、私はリビングに通された。

そこには、テーブルにふきんをかけている若い女性がいた。

私に気づき、彼女は顔を上げる。

一瞬、時の流れが止まったかのような感覚がした。

記憶の中の少女が、大人になった姿で、目の前に立っていた。

「娘の凜香です」

彼女の名前を、稔は告げる。

凜香に会ったのは十二年前、たった一度だけ。交わした言葉も数えるほどしかない。

それでも私は、あの時の全てをはっきりと覚えている。

あなたはどう？　そう問いかけるつもりで、私は自分の名を言う。

「松野莉帆と言います。松野徹の娘です」

注意して見ていなければ分からないくらい小さく、でも確かに、その唇が開いた。

黒い目が私を捉える。私はそれを見つめ返す。

ほんの一秒にも満たない間、私たちはお互いのことだけしか見ていなかった。

私は確信する。凜香も私のことを覚えている。

「妻はまだ上で寝ています。どうかご容赦ください」

私たちの過去のことなどつゆほども知らない稔の声にハッとする。

「とんでもないです」

切り替えようと声を張る。凜香より、今は父のことだ。

「父に事件のことを調べ直すよう頼んでいたんですよね」

「ええ」

「それは、なぜですか？」

「なぜ、というのは？」

問い返されて、いくつものなぜが折り重なっていたことを自覚する。

「そもそも、どうして今になって調べ直して欲しいと思ったんですか？　今もまだ、納得がいっていないということですか？」

「納得がいかないというか――」

稔は言いよどむ。

「私たちくらい、光彦のことを信じてやりたいと、そういう気持ちで」

「だとしても、なぜ父だったんですか？」

「それは、松野さんなら引き受けてくださるかもしれないと思ったからです」

しっくりこなかったのか、稔はすぐに言い直した。

「引き受けてくださるのは松野さんだけだと、そう思いました」

「どうしてそう思ったんですか」

私にはまだしっくりこない。

「父のことを恨んだりはしないんですか？」

「そんな、とんでもない」

「でも昔、裁判を起こされてますよね。あれは、父のことが憎かったからじゃないんですか？」

稔は顔をくもらせ、俯《うつむ》く。

「当時は確かに、そういう感情もあったかもしれません」

答えづらそうに稔は言った。

「松野さんが追いかけなければ、光彦は死なずにすんだのにと思うこともありました。それで光彦が生きていれば、また色々と違っていたんじゃないかって」

首の裏に稔は手をやる。

「でも松野さんがご自分の仕事をされただけだということは当時も分かってはいました。ただ──何と言うんでしょう──私たちの感情をぶつけられる相手がもう、松野さんくらいしかいなかった。松野さんのしたことに何か問題があったと判断されれば、光彦だけが悪いということではなくなる。せめて、光彦だけが悪いんじゃないということくらいは、何とかして訴えたかった、というか」

それから稔はうなだれた様子で、

「すみません、あんまり身勝手で、気分を害されたでしょう」

「いえ」

心から言った。稔への怒りはこれっぽっちもない。あるとするなら、稔たちをそこまで追い詰めた社会への怒りだ。

「その裁判も、やったらやったで四面楚歌《そか》で、方々から色んなことを言われました。妻と、もう取り下げようかと真剣に悩みました。そんな時に法廷で、松野さんが言ってくれたんです。私たちには裁判を起こす権利がある、誰にもそれを咎める権利はない。たったその一言で、私たちは救われた気持ちになったんです」

父らしい。

「それからも毎年、事故の日に墓参りに来てくださっていたみたいで、ずっとお礼が言いたいと思っていました。それでこの二月、ようやくお会いできたんです。でもその時、松野さんは、おびえておられた。私にですよ。それで改めて思いました。松野さんも私たちと同じだと。私たちと同じように、ずっとあの事件を抱えてきたんだと。だから、私たちの無茶なお願いに力を貸してくれる人はもう松野さんしかいないと、そう思ったんです」

「そして父は、引き受けた?」

「ええ、最終的には」

「どうして引き受けたのか、父は何か言っていませんでしたか」

「ずっと責任を感じてきたんだと、だから、何かをしたいんだと、そうおっしゃっていました。松野さんがそんな風に思い詰めることないんですが」

改めて感じる。やっぱり父は、あの事故を引きずったままなのだ。父は悪くない、自分を責めなくたっていいという私の言葉は、未だに届いていないのだ。

「松野さんは、私と妻の話を、ていねいに聞いてくださいました」

稔は声を詰まらせる。

「そして、色々と調べても頂いて、ですから、心から感謝をしてるんです」

芝居には見えない。稔たちが父を殺《あや》める姿を想像することもできない。

藤池光彦の遺族と父の間には、奇妙な連帯が本当に芽生えていたのかもしれない。

「父と最後に連絡をとったのは、いつのことでしょう?」

「だいぶ前になります。確か八月の十七日だったと思いますが」

「そんなに前ですか?」

少し声が大きくなる。

「どういう内容でした?」

「一通り調べたけれども、やはり冤罪《えんざい》はありえないという内容でした。ただ、光彦は再びやり直せたはずだとも、おっしゃってくれました」

「その後は、何も?」

「はい」

『何も出てきやしなかった』というメールが青柿に届いたのは八月三十一日。稔を信じるなら、光彦の遺族に調査終了を知らせてからも父は捜査を続けていたということになる。その意味するところが何なのかは、まだ分からない。

「他に父は何か言っていませんでしたか? これから何をするつもりだとか、なんでも構わないんですが」

稔は無念そうに首を横に振る。

「凛香さんはどうですか？」

今のところ一言も発していない凛香に話を向けると、細い首が左右に揺れた。

「細かいことでも、何でもいいんですが」

「すみません」

浅い声は十二年前と変わりがなかった。

お礼を言ってから席を立つと、二人は玄関まで見送りに来てくれた。

「どなたか、いらっしゃってるの？」

階上から老いた声が響いたのは、玄関ドアに手をかけた時だった。

「ああ、えっと今行く」

稔が返し、凛香が動く。凛香に支えられながら階段を下りてくるのは、藤池菊子に違いない。

私の素性と事情を知った菊子は灰色の手で口元を覆った。

「私たちのせいでしょうか。妙なお願いを、してしまったばっかりに」

「そんなことないです。みなさんのせいじゃないですから」

そう言ったが、憔悴しきった菊子に伝わっているか定かではない。よろめくその身体を支えた稔は申し訳なさそうな顔を私に向けてから、

「凛香、松野さんをお見送りして」

私たちはそうして、期せずして二人になった。

外は快晴だ。髪の毛が焦げそうなくらい日差しが強い。そして周りに人の気配はない。

「ねえ」

私は尋ねる。

「覚えてるでしょ？　前に会ったこと」

凜香は目を合わせてくれない。

「今でも、あの時と同じ気持ち？」

どこからか、あの日の水音が聞こえる。下卑たはしゃぎ声が響く。

「自分が受ける仕打ち全部、仕方がないって思ってる？」

緑のフェンスの網目。空色のバケツ。

「自分が苦しむのは仕方がないって、思ってる？」

あの日のことを、私は悔いているのかもしれない。

理解が及ばないと歩み去るのではなくて、差し伸ばされない手を無理矢理にでも握らなきゃいけなかったんじゃないか。それができるのは、私だけだったんじゃないか。

「どうだろ」

どこか冗談めかした口調だった。

「あなたは、何も悪くない」

言わずにはいられない。

「あなたが何か――」

「松野さん、私のこと、何も知らないでしょ？」

氷のように冷たい声が私を遮る。光を吸い取るような暗い目が、私を射貫《いぬ》く。

「私のことは放っておいて。大丈夫だから」

扉の向こうに、凜香は消えた。

＊

二日後の朝。出勤の仕度中に、父と思《おぼ》しき遺体が見つかったと連絡があった。

場所は奥多摩だった。

7

山をかき分け、青梅線は走る。

時たま木々の間から見える渓流は多摩川だ。この細く激しい流れは、やがて空港を横目に東京湾へと注ぎ込む大河になる。そのほとりに、かつて藤池光彦は住んでいた。

青柿の車に同乗する母から、奥多摩署に到着したという連絡が届いた。私ももうすぐと返すと同時に、終点のアナウンスがあった。トンネルに呑《の》まれ、車窓が黒に染まる。レールと車輪のいがみ合う金属音が、がらんどうの車内に響く。

一生、着かなければよかったのにと思った。

父の死を想像していなかったわけではない。私だっていっぱしの警察官だ。行方不明者の大半はどこかで命を落としているということくらい当然知っている。だとしても、遺体が見つからない限りは希望がある。もしかしたら誰かに監禁されているのかもしれない。いつぞやの朝ドラのように、頭を打って記憶を失っているのかもしれない。

でも多分、気休めの妄想も終わりなのだろう。

奥多摩駅に着き、列車を降りると、湿り気のある風が頬を叩いた。ホームからは異様な大工場が見える。改造に改造を重ねた結果なのか、青々とした山を背に、幾つもの古びた施設がパイプやら何やらで絡まり合っている。

改札を出る。町には緑の匂いが充満していた。ヒグラシやツクツクボウシの合唱がけたたましい。その中を、重い足を引きずるようにして急ぐ。母が待っている。

奥多摩署を訪ねたことはなかったが、シンプルな一本道で迷いようがなかった。多摩川の支流である日原川《にっぱらがわ》に架かる橋を渡ってしばらく歩くと、古ぼけた庁舎が見えてきた。

エントランスに入って正面の待合椅子に青柿がいた。顔が白かった。私を認めると、「こちらです」とだけ告げて歩き出した。

赤紫色の非常階段で地下二階まで下りる。蛍光灯は十分な明るさのはずなのに、どことなく薄暗い感じがした。天井が低くて圧迫感があった。足音が洞窟《どうくつ》の中みたいに反響する。すえた臭いがするような気もする。

フロアの左隅が遺体安置所だった。その前のソファに、壁を背もたれにしながら、母と、スーツ姿の若い男性が座っていた。

青柿を追い越し母に駆け寄る。私に気づいて、母は笑おうとしたのかもしれないが、表情はほとんど動いていなかった。

「特命捜査四係の加茂下です。松野さんとバディを組んでいました」

父の相棒は言う。

「青柿係長と私で、先にご遺体を確認させて頂きました。率直に言って、遺体の状況はあまりよいものとは言えません」

もしかしたら父に似た別人かもしれないという、わずかな希望も消える。

父は死んだ。

「死因は？」

この状況でそれを聞くとは、私もさすがに警察官だ。

「詳しくは解剖待ちですが、首を絞められた跡があり、恐らくは絞殺です。加えて後頭部に傷があります」

青柿はそう答えてから、私と母を順番に見た。

「ご遺体を確認して頂けますか？」

嫌ですと言えるはずがない。

中に入ると、業務用冷蔵庫を横倒しにしたようなステンレスの台の上に、白いカバーが緩やかなカーブを描いていた。横には小鍋《こなべ》のような仏具があり、線香が三本刺さっているけれど、押し寄せる腐敗臭をかき消せてはいない。

これが父の臭いなのか。みぞおちにグッと力を込める。逃げ出しちゃいけない。

加茂下が、カバーをそっとめくる。

父が死んでいた。

安らかだ。いの一番に、そう感じた。

眠っているようだとか、今にも動き出しそうだとか、手垢《てあか》のついたたとえは浮かんでこなかった。父から生気が枯れ果てているというのは見ただけですぐに分かった。肌はそれこそ青白いゴムの膜のようで、ところどころとろけはじめていた。唇は紫と灰を混ぜ合わせたような色をしていた。髪の毛や鼻筋に、ほんの少しだけだが、土の粒が付いていた。

でも、少し紫色にはなっていたけれど、その顔は穏やかだった。もしかすると、この十二年で一番かもしれない。

「鑑識の見立てでは、死亡推定時刻は八月三十一日の夕方から夜ごろです」

加茂下が言う。声を殺して、母が泣きはじめた。

「ご遺体は林の中に埋められていました。犬の散歩をしていた住民の方が発見してくださいました。犬が臭いに気づいたようです」

感謝をしなきゃいけない。もし見つけてくれなかったら、この最期の表情を見ることもできなかっただろう。

「松野徹さんに、間違いありませんか？」

私は頷いた。もう涙を抑えられなかった。

＊

十二時きっかり、小会議室のドアが開き、青柿が顔をのぞかせた。

「そろそろ、よろしいですか」

私と母は頷く。一時間くらい休ませてもらったおかげで、気持ちはだいぶ落ち着いている。

「先ほどはジュースを、ありがとうございました」

母が言う。青柿の厚意でオレンジジュースを差し入れてもらうまで、自分たちの喉がカラカラになっていることにすら気づかなかった。

「とんでもない。こういう時は甘いものです」

少し微笑んだ青柿は表情をすぐに戻し、

「それでは、かなりの長丁場になると思いますが、どうかご容赦ください」

事情聴取が始まった。聞き手は青柿、加茂下はパソコンでメモを取る役割だ。

「松野さんがこの辺りの土地にゆかりがあるといったことはありますか？」

「多分ないと思います。ね？」

私が中継した質問に母は頷く。

「では、ゆかりとはいかずとも、土地勘ではどうでしょう」

「それもないと思います」

「特に知人もいらっしゃらないですか？」

「ちょっとそこまでは分からないです」

「奥さまも？」

「はい、主人からは特に聞いたことがありません」

「ご家族の皆さんでこのあたりに来たことはありませんか？」

私は首を横に振る。

「先日伺ったこととかなり重複しますが、改めて確認します。お二人は松野さんと、あまりお会いになっていなかったわけですよね？」

「はい」

「では、最後にお話しになったのはいつでしょう？　莉帆さんからお伺いします」

「今年の四月のはずです。誕生日のお祝いの電話をもらいました」

「念のため、四月のどの辺りでしょう」

「月末です。三十日が誕生日なので」

「それ以降、メールのやり取りなどもありませんか？」

「はい」

「では奥さまはいかがでしょう?」

「私も、莉帆への誕生日プレゼントをどうしようかと、電話で相談したのが最後です」

「今年の四月に?」

「ええ」

「それ以降、特に連絡はしていらっしゃらない?」

「はい」――

聴取は淡々と進んでいく。さすが捜査一課とあって、青柿の質問はうまい。間合いをはかるのにも手馴《てな》れていて、するすると答えられる。

しかし次第に違和感が強まってくる。

質問が細かいこと自体はいい。でも綿密というより、どうにも些事《さじ》にこだわっているような感じがする。私の誕生日が四月三十日であることに、事件とどんな関係があるというのだろう。なにより、藤池光彦事件については、待てど暮らせど触れられない。

「では最後に、お二人から何かありますか」

そのまま一時間あまりが過ぎ、青柿はとうとう締めくくりの文句を口にした。

「あの、父は十二年前の事件を調べ直してたんですよね」

耐えきれずに尋ねた。

「父が死んだのも、恐らくはそれ絡みですよね」

「それはまだ、なんとも」

「でも、その可能性はありますよね、大いに？」

「大いにかは分かりませんが」

「いや、大いにですよ」

声のボルテージが上がる。わざとかと思うほど青柿は白々しい。

「父は亡くなる前日まで調べ直していたんですよね？」

「私に届いたメールが正しければ、そうなります」

「だったらまず、その線を疑いませんか？」

「予断は禁物だと思っています。なにせ事件が事件ですから」

青柿の口調は冷静だ。

「先日も申し上げましたが、藤池光彦事件は冤罪が疑われているような事件ではありません。証拠はそろっていますし、不可解な点もない。それに調べ直したと言っても、あくまで藤池光彦の遺族の納得のためのものです。松野さんが新事実を発見したとは考えづらい」

言葉に詰まる。それはそうだ。

「ということで、よろしいですか？」

でもやっぱり納得しきれない。青柿は当初、父が藤池光彦事件を調べていたことを隠そうとしていた。それは何かやましいことがあるからではないのか。

そこで、はたと思い出す。

「父が有休をとり始めたのはいつからでしたっけ」

「八月二十六日からです」

「一週間でしたよね」

「ええ」

「それは藤池光彦事件を調べ直すためだった」

「はい」

「でも、だとしたらおかしいんです」

「何がです？」

「藤池光彦の遺族に対して、調べ直しを終えたと父が連絡したのは、八月十七日です」

明らかに青柿の顔色が変わった。

「まだ捜査を続けるのに、なんでそんなことをしたんでしょうか？」

話すうちに答えが見えてきた。

「八月十七日、父はいったん捜査を終わらせた。でもその後、事態が大きく動いた。だから有休までとって、また調べ始めた。そうなんじゃありませんか？」

「その通りです」

思いがけない方向から返答があった。加茂下が答えたのだ。

「僕も、何があったのか具体的に知ってるわけじゃありません」

「加茂下」

「でも二十五日の午後、まだ勤務中なのに、テツさんが血相変えてどこかに行くのを僕は見ました。それが、僕が見たテツさんの最後です」

「加茂下！」

「こんなのおかしいです、係長」

パソコンを睨《にら》みつけたまま、加茂下は声を震わせる。

「テツさん、殺されたんですよ。だったらせめて、一刻も早くホシ挙げなきゃじゃないですか。上の意向とか関係なしに、光彦事件が絡んでるならそれもひっくるめて、全部を明らかにしなきゃダメです。青柿さんだって本当はそう思ってるでしょ」

青柿は目線をさまよわせる。

「青柿さん、私たちはただ、父を殺した犯人を捕まえて欲しいだけなんです。大それたことをお願いしてるつもりはないんです」

私は懇願する。

「隠し事はもう、やめてください」

しばらくセミとクーラーの音だけがした。

「私は、言ってはいけないことになっているんです」

やがて青柿は口を開いた。

「どうかこれから話すことは、ご内密にして頂けますか」

「それはお約束できかねます」

「莉帆さん――」

「内容次第です」

「それでは、お話しできません」

「どうして?」

「どうか、しばらくの間だけでも、ご内密に――」

「だから――」

「莉帆!」

声を上げたのは母だった。

「いいかげん大人になりなさい」

「何、大人って」

「青柿さんのお立場もよく考えなさい」

私は黙った。青柿がなしうる限りの譲歩をしているだろうことも分かってはいた。

「すみません。娘にはよく言っておきますので」

青柿は私の方を見た。私は目を合わせなかった。

やがて諦《あきら》めたように息をついてから、青柿は言った。

「松野さんは、藤池光彦事件の目撃者と被害者との間に、事件前からの交友関係があったという事実を突き止めていました」

一回聞いただけでは意味をはかりかねた。

「あの事件は状況証拠こそ豊富でしたが、物証は乏しく、捜査は難航しました。そんな中での目撃証言は、ようやく見つかった決定的証拠だったんです。しかし松野さんの捜査によって、目撃者の証言が、被害者の安念によって教唆された虚偽のものである可能性が極めて高くなった。だから松野さんは捜査を再開したんです」

青柿が言っていることの恐ろしさに、ようやく気が付く。

「藤池光彦が犯人ではないかもしれないということですか？」

「その可能性も否定できません」

加茂下も言葉を失っている。

「ただ、松野さんの死と藤池光彦事件が全くの無関係という可能性も捨てきれません。八月三十一日の昼頃、『何も出てきやしなかった』というメールが私のもとに届いています。そして松野さんの死亡推定時刻はその日の夕方から夜頃。文面を信じるなら、松野さんが殺されたのは何も出てこないまま調べを終えた後ということになります」

もちろんそれは文面を信じるならばの話だ。とはいえ確かに、一通りの事情を承知している青柿にわざわざ嘘をつく必要があるとも思えない。

「ともかく今、上層部はかなり神経質になっています。仮に松野さんの死が光彦事件絡みなら、松野さん殺しの犯人を逮捕することによって藤池光彦事件の真相が明らかになる公算が高い。そして万が一、藤池光彦が冤罪だということが明らかになったら――」

警察は無実の人間を追いかけまわした挙句、五人が死亡する大事故を引き起こしたということになる。この上ない大スキャンダルだ。

仮に冤罪ではなかったとしても、信憑性《しんぴょう》の低い目撃証言を鵜呑《うの》みにしたことが明らかになれば、相当の批判を覚悟しなければいけない。

だから上層部は、父を殺害した犯人を野放しにしてでも、この件を放っておきたいと思っているのだろう。パンドラの箱に触れたくないのだろう。

「だとしても、犯罪者が裁かれるべきということに変わりはないはずです」

怒りと力を込めて言った。

「父を殺した犯人がおとがめなしなんて、私は許せません」

「その気持ち自体は私も変わりません」

何度も頷きながら青柿は言う。

「ただ今しばらく、時間を頂きたいんです。事態を収拾してから、必ず犯人を捕まえるとお約束します。ですから、どうかそれまでお待ち頂けませんか」

青柿は椅子から立ち、深々と頭を下げた。

「この通りです」

「どうぞ、よろしくお願いします」

一瞬、何が起きたのか分からなかった。声を声として認識できなかった。

数秒かけてようやく理解する。母が答えたのだ。間髪入れずに、あまりにもあっけなく。

思わず母を見る。背中を寒気が走った。まただ。あの能面みたいな無表情だ。

「ほら、莉帆も」

素直に謝れない子どもをせっつくような軽い口調で、母は私を急かす。

「莉帆」

その声は平たい。

「よろしくお願いします」

ようやく私は言った。いや、言わされたのかもしれない。

それからしばらく、青柿と母が言葉を取り交わすのを、どこか他人事のように私は眺めていた。

8

その日のうちに葬儀社に行った。司法解剖にかかる時間と斎場や火葬場のスケジュールを踏まえて、通夜の日取りは五日後の土曜と決まった。

報道もあるにはあったが、扱いは小さかった。新聞の社会面の隅に、奥多摩の山中から警視庁捜査一課の男性警部補の遺体発見、事件に巻き込まれた可能性を視野に捜査という短い記事が載ったくらいで、情報を出すまいという組織の意向を嗅《か》ぎとるのは簡単だった。

翌日、いつも通り出勤した。父が死んだこと、事件性があること、また事情聴取を受けるかもしれないことを朝礼で報告した。

午前の乗務には、いつも以上に気を引き締めて臨んだ。どんな事情があっても、警察官の端くれとして生半可な仕事をするわけにはいかない。心を無にしたつもりだった。

「今からでも半ドンした方がいい」

だからこそ、帰隊するなり相浦にそう言われたことのショックは大きかった。

「やっぱり、ダメだったでしょうか」

「ほら今も」

「今？」

「話しながらでも、エンジンくらい止められるはずだ」

慌てて止めるが、言われて気づくようでは遅い。

「気もそぞろで運転されちゃかなわん。こっちが事故の種蒔《ま》いてどうする」

返す言葉がない。

「何も休むことを後ろめたく思う必要はない。お前の代わりはいる。違う奴が大変な時には、今度はお前がそいつの代わりになればいい」

しばらく車内に静けさが下りた。やがて、相浦は呟くように、

「心配せずとも、すぐに捕まる」

気遣いの言葉だと分かってはいても、素直に「はい」とは返せなかった。

少し時間をくれと青柿は言うが、私にはまるっきり信じられない。少しというのはどれくらいの長さなのか。一週間か、一カ月か、はたまた年単位か。そうやって、あわよくば事をうやむやにしようとしているんじゃないか。犯人を捕まえる気なんて本当はないんじゃないか。

ならいっそ、全部ぶちまけてしまおうか。

――いいかげん大人になりなさい

母の言葉が、そんな私を引き止めようとする。

――すみません、娘にはよく言っておきますので

私の望みは、やっぱり子どもじみたものなんだろうか。全て私のわがままなんだろうか。

身体がカッと熱くなるのが分かる。

そんなことは絶対にない。

「犯人を捕まえてほしいって思うのは、変じゃないですよね？」

自分を奮い立たせようと、私は尋ねる。

「何が何でも犯人を捕まえてやりたいって思うのって、おかしくないですよね？」

「おかしかない」

即答だった。

「おかしかないよ」

フロントガラスの方を見たまま、相浦は繰り返した。

いつもと同じ、その感情の読み取りづらい声に、私は背中を押される。

私はおかしくない。おかしいのは、私じゃない。

9

玄関からガチャガチャと音がした。掛かっていない鍵を開けようとして、逆に鍵が閉まってしまったんだろう。そのことに気づいて、慌てて開け直そうとしている。

勢いよくドアが開いた後、ゆっくりと閉まる。鍵を閉め忘れたか、はたまた泥棒かと焦ったけれど、私の靴を見て胸をなでおろしたのだ。心の動きが手に取るように分かる。

「来るなら言ってよ、莉帆」

リビングに私を見つけた母は、安心と非難が半々といった感じだった。

「ごめん」

「ま、別にいいけどさ」

エコバッグから食材を出しては、母は冷蔵庫に押し込んでいく。

「夜ご飯食べてく？」

「ううん。大丈夫」

「そう」

冷蔵庫が開閉するたび、中段を占領するコーヒーパックが目に入ってくる。

「ていうか、仕事は？」

「午後休取った」

「なんで？　どっか具合でも悪い？」

背中越しの声に心配が混じる。

「違うよ、お母さん」

背中に向ける声に棘《とげ》が混ざる。

「やりたいことっていうか、確かめたいことがあったんだ」

「何よ？」

「ずっと引っ掛かってた。どうしてお母さん、あんなに青柿さんのことをかばうんだろうって」

私が青柿のことを疑えば、母は考えすぎだと言った。

私が青柿を責めたてれば、母は青柿の立場を考えろと言った。

少し時間が欲しい、必ず犯人を逮捕してみせる。どこまで本気か分からない青柿の言葉を、母はあてにした。あてにするふりをした。

「やっぱりお母さんの方が大人の対応なのかなとか、私なりに色々考えた」

夕日が差しこんでくる。

「でも、やっぱり変だと思った。だってお父さんがいなくなってたんだよ？　今だって犯人が野放しのままなんだよ？　私には、青柿さんの事情がどうこうとか、そんなの考える余裕ない。でもお母さんからは、そういう感じが全然しない。妙に落ち着いてるっていうか、でもそれって、やっぱりおかしいよ」

だから、どうしても確かめたくなった。

「お父さんの部屋の、クローゼットの中を調べたの」

鞄《かばん》からそれを取り出し、机の上に置いた。動画の一時停止ボタンを押したみたいに、母は固まった。

父の部屋の中で唯一見ていなかった場所には清流コーヒーの段ボールがあった。中身はもうないはずなのに、ガムテープの剝《は》がされた跡を覆い隠すようにして、養生テープが口を塞《ふさ》いでいた。

あまりに緊張感がないパンドラの箱を、私は開けた。

中には、藤池光彦事件の捜査資料、父の警察手帳、そして、父の知り得たことがあまねく書き留められた捜査用のメモ帳が収められていた。

「ばれちゃったか」

どこか捨て鉢な感じで、母は笑う。

「これって、犯罪になったりする？」

「それはない、と思う」

「よかった。危うく莉帆に逮捕されちゃうところだった」

冗談めかして言う母の肩は震えている。

「どうして、隠したの？」

答えの見当はついていた。でも母の言葉で全てを聞きたかった。

母は私の目の前に腰かけた。しばらく、静けさだけがあった。

「あの日、青柿さんから連絡を貰《もら》ってから、急いでお父さんの部屋に行った」

やがて、母は口を開いた。

「お父さんはもういなくて、でも机の上に、警察手帳と、そのメモ帳が横並びで置いてあった。そのメモ帳にね、ボールペンが挟まってたの。栞《しおり》みたいにして」

母はメモ帳を開いた。

「他の誰かに見られちゃいけないって、すぐに思った。莉帆も、そうでしょ？」

凛香のたった一つの願いを、紙が破れそうなほどの筆圧で、父は書き残している。

誰にも言わないで。

いい、いい、いい。

「私は、藤池凛香さんに会ったことない。どんな子かも知らない。でも、長い間、想像もできないくらい苦しんできたってことは分かる。だからさ、もしその子が望まないなら、その子が受けた心の傷のことを、誰にも知られちゃいけないって思った」

たとえそれが、警察であるとしても。

「そのことに比べたら、ほんとのことなんか、安いもんでしょ？」

「だから全部、隠すことにしたんだ？」

「うん」

「迷わなかった？」

「迷ったに決まってるじゃない」

母の目に涙がたまる。父のメモ帳は、その行方をつかむための重大な手がかりでもあった。

「でもやっぱり、お父さんが望んでるだろう方を選ぶことにした」

父が青柿に『何も出てきやしなかった』と嘘のメールを打ったのも、凛香のことを思って、光彦事件の真相を伏せたままにしたからなのだろう。

「でもずっと怖かった。あの人が、私が隠したばっかりに死んじゃったらどうしようって」

実際には、母がメモ帳を見つけた時点で、父はもうこの世にいなかった。父の遺体を確認したとき、母が死亡推定時刻を聞いて泣き出したのには、悲しみだけではなく、安堵《あんど》もあったのかもしれない。ひるがえって、このところの母の能面のような無表情は、自分のした選択に対する恐怖や葛藤を、どうにか押し隠そうとした結果だったのかもしれない。

「ねえ莉帆」

今度は母が私に問う。

「お父さんのメモ帳、どうするつもりなの？」

答えずにメモ帳を鞄にしまい、立ち上がる。

「ねえ莉帆、待って」

母は私の腕をつかむ。強く。

「どこに行くの。何しようとしてるの」

母のしたことが間違っていたとは思わない。

「私はただ、お父さんを殺した犯人を捕まえたいだけ」

でも、私の行く道とは違う。

「藤池凜香さんのところに行ってくる。全部、警察に話してもらう」

「本気なの？」

「本気」

「莉帆、考え直して」

「ごめん、もう決めたの」

「莉帆」

「お母さんは犯人捕まえたくないの？」

「そんなの捕まえたいに決まってるじゃない」

「だったら――」

「でも犯人が捕まっても、お父さんは帰ってこない」

私の腕を母は揺さぶる。

「だけど、その凜香さんって子は？　犯人が捕まって、昔のことが全部分かっちゃったらどうなる？　日本中から好奇の目で見られるようになる。あることないこと言われて書かれるようになる。その子は追い詰められる。お父さんも絶対、そんなこと望んでない」

見たことも会ったこともない、数奇な縁でかろうじて繋がっているだけの凜香を、母は守ろうとする。

「莉帆、あなたには、その責任が取れるの？」

「優しいね、お母さんは」

本心だった。

「でもやっぱり、罪を犯した人は裁かれなきゃいけないって、私は思う」

母の手をていねいにほどく。太陽が住宅街の後ろに沈みこみ、部屋には闇のベールがかかりつつある。

「だから、ごめん」

「莉帆――」

「明日、ちゃんと警察に行って話してね」

母はもう、私を引き止めようとはしなかった。

かつて三人で生きた家を、私は後にした。

10

中学二年生の三学期の期末テストの直前に、あの事故は起こった。

年頃が年頃なだけに、とりわけ私の精神面を母は気にした。しかし、思春期の若者がおしなべて多感なわけではない。父のことは心配だったし、誰しもが望まない事態が起きてしまったことは悲しかった。だからといって、父が関わりをもった悲劇を自分のこととして引き受けて、もがき苦しむようなことはなかった。

周囲の雑音も心底どうでもよかった。自宅前に張り込んでいた記者に何度か粘着されたことがあったけれど、「私には関係ないので」と相手にしなかった。学校では、なぜだか私を目の敵にしていた八百万《やおよろず》という男子が「お前の父親は人殺しだ」とかなんとか言ってしつこく絡んできた。低レベルすぎて反撃する気すら起きなかった。

それよりも私が許せなかったのは、あの事件や事故を理由に、何にも悪くない人たちが痛めつけられ、苦しんでいることだった。

藤池光彦のしでかしたことに全くかかわっていない遺族が、どうして断罪されなければならないのだろう。

職務を全うしただけの父が、なぜ苦しまなければいけないのだろう。

悪いのは、藤池光彦だけのはずなのに。

何も悪くない人が責められるなんて正しくない。何も悪くない人が自分を責めたてるなんて正しくない。

きっとだからなのだろう。父や凜香に、ほとんど怒りに近い感情を抱いたのは。

＊

中三に進級したゴールデンウィーク明けの放課後。私は一人の友人に呼び出された。彼女はしばらくためらってから、学校裏サイトに私に対する誹謗中傷が書き込まれているのを見つけたと打ち明けた。

学校裏サイトとは学校に関する話題が集まる非公式のウェブサイトのことだ。ＳＮＳが普及した今でこそ下火になっているが、当時はまだ全盛期で、私の通っていた羽根木中学校でもそこそこ流行していた。

彼女は怒り心頭といった様子で、先生に報告して対処してもらうべきだと訴えた。気持ちは嬉しかったが、私は放っておきたいと言った。事を大きくして、親にいらぬ心配をかけたくなかった。特に父の耳に入れてはいけないと思った。もし知られたら、私は平気だといくら弁解しても、父はきっと悩みを深めてしまうだろう。少しずつ立ち直ろうとしている父を、私は邪魔したくなかったのだ。

私の選択に彼女は不満げだったが、それでも「分かった」と言ってくれた。ただ、「莉帆はあんなの見ないでいいからね」と釘を刺すのも忘れなかった。

しかし数日後の夕方。母が買い物に出て、家に一人きりになった私は、父の部屋にこっそり忍び込んだ。パソコンを立ち上げ、私の生年月日を逆にしたパスワードを入力する。それまで閲覧したことこそなかったが、裏サイトへのアクセスの仕方くらい知っていた。友人には申し訳ないと思ったが、この目で見ておかなければと無性に思った。

初めて見る裏サイトは真っ黒なウェブページだった。左側には項目がズラリと並び、クラスや部活ごとのスレッドに、科目ごとの学習相談などまじめなものもある。

友人が言っていた「雑談」というスレッドにカーソルを合わせた。

それは、想像以上に酷かった。

投稿主はGod is infiniteというハンドルネームの人間だった。その書き込みを見ていると、「人殺しの娘」なんて生温いとさえ思えてくるほどだった。嘘も沢山あった。父はまるでシリアルキラーみたいな書かれっぷりだった。同調する人は多くなかったが、それでも二、三人はいるのにも驚いた。

悪意はここまで煮詰まるものなのか。怒りや軽蔑に、恐ろしさが先行した。もう二度と見るまい。ほとんど衝動的にサイトを閉じようとした刹那。

不意に私は、凜香のことを思い出したのだ。

藤池光彦に私と同い年の妹がいるということは前から知っていた。部屋にこもる父に食事を届けたとき、パソコンのディスプレイに、匿名掲示板にアップロードされた凜香の写真が表示されていたからだ。いったい凜香が何をしたというのだろうと憤りを覚えはしたものの、当時は父のことで頭がいっぱいで、それ以上の行動をとることはなかった。

でも、言葉の暴力を直接に向けられた私は想像をやめられなかった。

私ですらこんな目に遭った。私と同じようなことを――いや、もっとひどいことを――凜香はされているんじゃないか。

ひとりでに、マウスが動いた。

ネットで調べて、凜香が通っているのが仙川第二中学校であることはすぐに分かった。少し手こずったが、裏サイトにもたどりついた。

羽根木中のサイトと似たり寄ったりのスタイルの仙川第二裏掲示板には、堂々と、天罰というスレッドがあった。

震える手で、私はそのスレッドを開いた。

＊

翌日はよく晴れた日だった。

放課後、私は仙川二中に向かった。

駅前の色褪せた案内板で道を確かめたこともあって迷わずにすんだ。校舎は全国の中学校の平均をとったみたいな平凡さだった。四時過ぎという時間帯もあってか、下校する生徒はちらほらといった程度だった。

昨日の今日でここまで来たということに自分でも驚く一方、あんなものを見てしまった後で、じっとしていられるわけがないという気持ちもあった。とても見て見ぬふりなんてできなかった。

しばらく正門の近くで待っていたが、何だか焦《じ》れてしまったのと、警備員の目が気になるというのもあって、いったん学校の周りを右回りに歩いてみることにした。敷地はほぼ長方形のようで、初めのうちは黒い柵に囲まれていたのが、正門の反対側のところで緑の金網に変わった。グラウンドには人の気配がない。羽根木中と同じく、中間試験が近いために部活動が休みなのかもしれない。またしばらく行くと、道が徐々に学校から離れていく。住宅やアパート越しにフェンスがかろうじて見えるかどうかで、中の様子はまるで見えない。

そのうちにまた頭が冷えてきて、やっぱり正門のところで待ち伏せるのが一番確実だと思い直した。むしろ、こうやって歩いている間に凜香が正門から家路についてしまうかもしれない。というかそもそも、凜香はとっくに帰ってしまっているんじゃないか。下校のまばらさ加減を考えれば、それが一番ありえる展開だ。自分の無鉄砲さに溜息が出そうになった。もしそうならどうしよう。今日のところは出直すしかないか——

風が下卑た歓声を運んできたのは、まさにその時だった。

百メートルも離れていないと耳で分かった。新築の一軒家では敷地を通り抜けられない。古ぼけたアパートを見つけ、その裏手に回る。フェンス越しに声の出所を探す。

そして、見つけた。

校庭の隅に木が五本くらい密集している場所があった。そこには何人かの生徒が寄り集まっていて、その輪の中心に、凜香はいた。

水音と笑い声のセットが定期的に聞こえた。何をしているのかすぐには分からなかった。集団はしばらくワアキャアと騒いだ後、一人、また一人と消えていった。最後に残った一人が「ちゃんと全部飲んでから帰ってね」と気味の悪い猫撫《な》で声で囁《ささや》いてから、前を行く仲間たちに加わった。

一人きりになった凜香の目の前にはバケツがあった。辺りには、絞られた後の円筒状のままの雑巾《ぞうきん》がいくつも転がっていた。

棒立ちだった凛香は徐に腰をかがめ、空色のバケツに手をのばす。

「待って」

咄嗟《とっさ》に言った。草をかき分け、駆け寄った。

「何してるの」

しゃがみこんだまま凛香は私を見た。混じりけのない黒い目だった。

「ねえ、何させられてるの」

「誰、あなた」

「質問に答えて」

フェンスの網目をつかむ。

「何させられてるの？」

「これ、飲むんだって」

灰色の汚水には油の輪が浮いて、虹《にじ》色に輝いている。

「いじめだよ、こんなの」

風にそよぐ足元の雑草に調子を合わせるように、凛香は首を振った。

「いじめじゃないよ」

「どこが」

「だって、やられた方がいじめだって感じたら、いじめなんでしょ。だったら私は、いじめだって思ってないから、いじめじゃないんだよ」

馬鹿な話だと思いながら、どう返せばいいのか分からなかった。

「そんなの飲んだって言って、捨てちゃえばいい」

「そんなズルしたら、あとでもっと酷《ひど》いことされる」

「もう誰も見てなんかない」

「でも、しょうがない」

凜香は頑なに、諦めていた。

「これくらいのことしなきゃ釣り合わない。悪い子だから、私」

「悪いのはお兄さんでしょ？」

それでも食い下がる。

「あなたが悪いんじゃない。こんなことされる筋合い――」

片時、声の出し方を忘れた。

凜香は静かに笑っていた。

「何にも知らないくせに」

何がおかしいのか、なぜ笑えるのか、分からなかった。

「私は悪い子なの。だから、これでいい」

怖いと、そう思った。

「ねえ、私が誰か分かる？」

耐えきれずに、幼い私は切り札に縋《すが》る。

「私は、あなたのお兄さんを追いかけた警察官の娘。あなたのお兄さんを殺した、、警察官の娘」

凜香の目に驚きが浮かぶ。敵意を煽《あお》ろうと、その瞳を睨《にら》みつける。

「何か言ってよ」

せがむように言った。

「何か私に、言うことがあるんじゃないの？」

あんたのせいでとか、殺してやるとか、いつしか私はそういう言葉を望んでいた。

世界の中で私だけが、凜香より弱い立場に立てると思った。

でも、甘かった。

「ごめんなさい」

震える声が謝罪する。

「大変なことに巻き込んでしまって、ごめんなさい」

凜香は額を地面に擦りつける。

「違う、そんなことして欲しいんじゃない」

「ごめんなさい、本当にごめんなさい」

呪文のように謝罪を唱える凜香を、化け物みたいだとすら思った。

気づいた時には逃げ出していた。

駅に向かって、がむしゃらに走った。振り返りもしなかった。何かに取り憑《つ》かれたみたいに謝る凛香の声だけが、頭の中を木霊していた。

＊

父のメモ帳を読み終えた私はへたりこんだ。身体の軸がひしゃげてしまったみたいだった。

自分は何も分かってなかった。

父のしたことが私のしたことじゃないように、光彦のしたことは凛香のしたことじゃない。だから世の人がどれほど凛香を責めようと、お前たちは頓珍漢《とんちんかん》だと言い返していい。そのことを私なら伝えられると思っていた。胸を張っていていいんだと、私だからこそ説得できると思っていた。

とんだ傲慢《ごうまん》な思い違いだ。全てはお兄さんがやったこと、あなたは悪くないなんて、そんな言葉が凛香に響くはずがない。

それだけじゃない。私は凛香から逃げた。凛香のことを理解しようと努力することもなく。自分の思い描いた通りの反応をしないからと、あまつさえ恐怖すら抱きながら。

自分勝手に差し伸べようとした手を、自分勝手に引っ込める。何もしないよりもよっぽど性質《たち》が悪い。

それでも再び、私は凛香のもとへと向かっている。

父が組み上げたのは、無力な妹を兄が救おうとする物語だ。よくできている。間違いなく真実の一面をすくいあげていると思う。

だけど納得しきれなかった。

凛香は自分のことを悪い子と呼んだ。何をされても仕方がないと言い切り、理不尽ないじめにその身をさらしていた。凛香の罪の意識は、底が見えないくらいに深い。けれど、もしも自分が受けてきた被害を兄に告げただけだったなら、はたして凛香はそこまで自分を責めるだろうか。

それだけじゃない。光彦を支えた人たちが抱える最大の疑問に、父のストーリーは答えきれていないような気もするのだ。

被害者の女性から手紙を受け取ってから一カ月も経たないうちに、光彦が凶行に走ったのはなぜなのか。父の回答はこうだ。凛香の被害を知った光彦は、背に腹は代えられないと考え、自分の手で凛香を守ろうと決意した――

しかし、よくよく考えてみると奇妙なことがある。

凛香が光彦に全てを打ち明けたのはいつだったのだろう。

手紙を読んだ光彦は、やるべきことを果たせたのかもしれないと涙を流した。凛香から全てを聞かされた後だとしたら、そういう反応にはならないはずだ。

とすると、凛香が光彦に安念のことを話したのは、光彦のもとに手紙が届いた後、いや直後ということになる。

赦しの手紙が届いたこと、そして、凛香の告白。この二つの大きな出来事が間を置かずに連続したということ。これは本当に、ただの偶然なんだろうか――

そう考えたとき、私の中で全てがつながった。そしてなぜだか、ずっと分からないと思ってきた凜香の心に、ようやく触れることができたような気がした。

父は真相を暴き出した。でも真実には辿《たど》り着いていないんじゃないか。

11

着いたのは二十時過ぎだった。凜香は在宅していた。

「夕食時に、ごめんなさい」

「いえ、もう済ませたので」

肩で息をする私に、凜香は麦茶を出してくれた。思わず一息に空にする。冷たさに頭がズキリと痛む。

どう話を切り出せばいいのか分からない。考えれば考えるほど言葉が逃げていくみたいだ。

でもきっと、百パーセントの正解なんてないんだろう。

「十二年前に会った時、私はあなたを助けられるって、本気で思ってた」

考えるのをやめる。見切り発車だ。

「何にも知らなかったくせにね。ほんと、凜香さんの言うとおり」

凜香の虚ろな視線が私を捉える。

「父のメモ帳が見つかったの。そこに、あなたのことが沢山書いてあった」

凜香の顔がてきめんに青ざめた。

「ごめんなさい」

私は謝る。

「凜香さんの秘密に、父が許しもなく強引に立ち入ったこと。その内容を私も知ってしまったこと。本当にごめんなさい」

それから、半ば自分に言い聞かせるようにして、私は言った。

「でもね、私は警察官なの」

葛藤《かっとう》がないわけではない。母の言葉はずっと耳に残ったままだ。凜香の、藤池家の日常を、私は壊そうとしている。ようやく訪れた平穏な生活を突き崩そうとしている。凜香が決して公にしたくないはずの被害のことを、白日のもとにさらそうとすらしている。

それでも。私はやっぱり、松野徹を父として持つ、一人の警官だ。

罪を犯した者は、裁かれなければいけない。

「何も知らないのに、あなたは悪くないなんて言うべきじゃなかったね」

決意をこめて、語りかける。

「私がここに来たのは、あなたに自首を勧めるため」

凜香の赤い目が見開かれた。

「あなたはお兄さんに、安念から受けてきた被害を打ち明けただけじゃない。安念を襲ってくれ、って頼んだ。そうなんでしょ？」

色を失った頬がひくついている。

「だとしたらあなたには、強盗致傷罪の教唆犯が成立する。時効は十五年。まだ成立していない」

事件当時、凜香は十四歳。刑法上の責任を問うことができる。

「あなたが自首をしたら、当然、あなたは捕まる」

もう平静を装う余裕もない。

「でもそうすれば、安念を逮捕することができる」

弾かれたように凜香は顔を起こす。

「父がね、殺されたの。奥多摩の山の中から遺体が見つかった。多分、九十九パーセント、安念に殺されたんだと思う」

父を殺す動機を持つ事件関係者は、安念をおいてほかにない。

「でも警察は動こうとしない。父を殺した犯人を逮捕することで、お兄さんの事件の真相が明るみに出ることを恐れてるから。警察はね、この期に及んであの男を護《まも》ってるの。それが私には許せない。あなたをあんな酷い目に遭わせて、私の父も殺したあの男が野放しにされていることが、私には許せない」

声がほとばしる。

「あなたが自首をして全てを話せば、さすがの警察でも、もう隠し切れない。安念を野放しにしておく理由もなくなる」

ありったけの気持ちを込めて言った。

「あなたは裁かれるべき。でも、それ以上に、あの男も裁かれるべき。違う？」

しばらく、私と凜香の乱れた息だけが部屋を満たした。

「なんで分かったの？」

振り絞るような、消え入りそうな声が囁く。

「私が兄にやらせたって、どうして分かったの？」

それは自白だった。私の読みは、当たってしまっていた。

「あなたの罪の意識がとてつもなく重いってことは、十二年前に会ったから分かってた」

ひび割れた声で、私は答える。

「でもそれだけじゃない。どうしてかは自分でも分からない。でも、事件の時のあなたの気持ちが、今なら分かるような気がするの」

私は問いかける。

「お兄さんのことが憎くはなかった？　それが本当の動機だったんじゃない？」

その目に、瞬く間に涙がにじむ。

「よかったら、話を聴かせてくれない？」

私はそう凜香に言う。

「嫌だったら無理しないでいい。でも、私はあなたの話が聴きたい」

話しても、話さなくてもいいと思った。私はただ彼女の傍で、彼女を待った。

やがて、身体の震えを振り払おうとするかのように、深く長い息が吐き出された。

「ずっと、兄が立ち直るのが、嬉しいはずだった」

凜香が口を開いた。

「だから私が足を引っ張っちゃいけないって思ってた。兄のことでずっといじめられてたことも、だから黙ってた」

わななく声。

「でも寂しくて、安念は、そこにつけこんできて、気づいたらああいうことさせられるようになってた。でも、兄はずっと順調だった。何にも知らないまま、いっつも楽しそうだった」

私はただ聞いている。

「お兄ちゃんが捕まった日に、お母さんが言ったこと、今も覚えてる。女の子を汚すなんて人間じゃないって。私は絶対、そういう目で見られたくなかった」

凜香の顔が紅潮する。

「だからずっと黙ってるつもりだった。自分が我慢すればいいだけの話だって思ってた。でも、あの手紙が届いた時、急に、線がプツンって、切れちゃった」

赦《ゆる》しの手紙を受け取り、光彦は涙を流した。

——一応は、やるべきことをさ、果たせたことになるのかな

「やるべきことを果たせたなんて、よくそんなこと言えるなって思ったの」

その涙が、凜香の中の何かを破裂させた。

「何も知らないのに、何も知らないくせに、犯罪者のくせに、私がこんなに大変なのはお兄ちゃんのせいなのにって、そう思ったらもう止まんなかった」

凜香はひとり光彦のアパートを訪ねた。そこで全てを話し、安念を襲うよう懇願した。

「捕まればまた、信頼も居場所も、何もかも失う。お父さんもお母さんも痛い目を見る。それくらいの報いは受けるべきだって、思っちゃったの」

逮捕されたとしても、光彦は金が目的と供述するに決まっている。凜香の名を出すことは考えられない。他方で、凜香のことを安念が自供することもありえない。

それは巧妙な復讐の計画だった。

「兄は、一カ月だけ時間をくれって言った」

凜香に誤算があったとするなら、それは光彦が完全犯罪を目指したことだ。光彦は何度も現場周辺に赴いた。安念宅を下見し、周辺の防犯カメラをチェックし、逃走経路を練りに練った。

「二月の頭に、メールで安念に呼び出された。だから私、お願いだから今すぐやってくれって頼んだ。もう絶対行きたくなかった。でも、断られた。まだ準備ができてないから、今回だけは我慢してくれって言われた」

光彦は、黒部や坂佐井や、家族から寄せられる信頼を裏切りたくなかったのだろう。その間の凜香の犠牲と引き換えにしてでも。

「兄が全然捕まりそうになかったらどうしようって、だから、ずっと考えてた」

だが事は、凜香の予想もしない最悪の方向へと突き進んだ。

「全部私のせい。事故で、兄や、何の関係もない人たちが死んだのも、母が病気になったのも、あなたのお父さんが殺されたのも」

全ての罪を凜香は飲み込もうとする。濁り切った水を飲み下そうとした、十二年前のあの日と同じように。

「あなたは間違いなく、罪を犯した。それがきっかけになって、沢山の命が失われた。多くの人生が狂わされた。どんなに残酷な理由があっても、許されないことだと思う」

私は言った。

「でも、決して、あなただけのせいじゃない」

「そんなことない」

「そんなこともあるの」

強く言い切った。

「あなたは犯罪者。だけど被害者でもある。心や身体の傷を、いつだって癒《いや》してもらっていい。苦しかったことを、どんなふうに言葉にしてもいい。それを誰かに聞いてもらいたかったらそうしたっていい。あなたには、そうしてもらう権利があるの」

放心したような顔に、一滴、涙がつたう。

「その上で、改めて聞きます。自首をすれば全て公になる。今まで隠してきた被害のことも、あの事件にあなたが関わっていたということも、あなたの本当の動機も、全てが」

凛香の目をまっすぐに見て、私は尋ねた。

「藤池凛香さん。それでも、自首をしますか？」

12

その夜、凛香は仙川署に出頭した。

そこからはドミノ倒しだった。翌日昼頃にネット記事が出始めると、拡散はあっという間だった。主要全国紙も夕刊で詳報を出し、テレビが後追いした。同日夜、警視庁は会見を開いた。捜査一課長の中林が報道の内容を事実と認め、十二年前の捜査が不十分であったと謝罪した。

中林は父の事件について言及こそしなかったが、逃げ切れないと悟ったのだろう、安念は翌日自首をした。

メディアはお祭り騒ぎだった。主要各局は我先にと緊急特番を組んだ。なにぶん急ごしらえなので、内容は似たり寄ったりだったが、視聴率を獲《と》るにはもってこいのネタ、鮮度がいいうちに何かをというのは、真っ当な判断と言えばそうだった。

報道陣は大挙して藤池家に押し寄せた。妻が体調を崩しているから取材はご遠慮願いたいと、再三にわたって稔は頭を下げていた。予想はしていたが、心苦しかった。

藤池家に比べれば数こそ少なかったが、実家にはもちろん、押上署にも報道陣は来た。母はノーコメントを貫き、「犯人が捕まってよかった」とだけ私は答えた。

葬儀の準備のために顔を合わせても、母は何も言ってこなかった。怒っている様子ではなかったけれど、私の選択に納得はしていないと顔に書いてあった。

騒ぎが収まらぬまま、父の葬儀の日がやってきた。

*

小ぶりな葬場に警察官が詰めかけ、あたかも警察葬のようだ。父の同僚や知人だけでなく、報道を受けてか、警視庁や警察庁の重鎮も次々に姿を見せている。大物が来るたび、外で張っているマスコミがシャッター音やリポーターの声で合図をしてくれるので、わずらわしいと思う一方、心の準備をするには勝手がいい。

会場の雰囲気は異様そのものだった。それも当然だ。父は殉職したわけではない。非公式の捜査の末に殺されたのだ——それも、十二年前の事件の真相を炙《あぶ》り出すような形で。上層部にとっては迷惑なことこの上ないだろう。凜香の自首を手引きしたのが私であることもどうやら漏れ聞こえているらしく、四方八方から視線を浴びた。中林には「これからの益々《ますます》の活躍に期待しています」と皮肉すら言われた。

父の死を悼むにはノイズがあまりに大きすぎた。

その不穏な空気は、通夜ぶるまいに及んでもしぶとく残っていた。

「莉帆はゆっくり食べてなさい」

そう言い置いて、母はお酌をしながらの挨拶回りを始めた。母について行っても邪魔になるだけなのは目に見えていた。隅の席で、しばらく味の薄い和食を箸《はし》でつついて過ごした。

そんな私を見かねたのか、青柿が声を掛けてくれた。

「今回、莉帆さんの力になることができず、申し訳なかったと思っています」

私はかぶりを振った。頭を冷やして思い返すと、心の余裕がなかったとはいっても、自分の振舞いはあまりに大人げない。

「こちらこそ、失礼なことを沢山、すみませんでした」

「いや、悪いのは私です」

青柿の目の縁は心なしか赤い。

「梅ヶ丘署の頃からお世話になってたのに、恩知らずなことをしてしまいました」

少しびっくりする。梅ヶ丘署時代からの付き合いだったなんて知らなかった。すると青柿は私の考えていることを見透かしたかのように、

「よかったら、ちょっとこっちへどうですか？　松野さんのことを、私と同じくらい昔から知ってる人たちがいます」

そうして私は水脇と出川に引き合わされた。水脇は事故の時、父の隣に座っていた刑事だというから驚いた。

「こんなことになんだったら、もっとちゃんと止めりゃあよかった」

水脇はビールをあおるように飲んで言う。

「もうやめておけ」

おかわりを注ごうとする手を出川が止める。水脇の顔は茹《ゆ》でたタコのように真っ赤だ。

「大丈夫ですよ、あとちょっとくらい」

「やけになるな」

「知ってるでしょ、俺はビールだけは強いんです」

「やめておけ」

きつく諫《いさ》められた水脇は、うなだれながら瓶を机におろした。

「そういやよくテツにからかわれた。水脇さんはビールしか飲めない。風情がないとかなんとか。あの晩も、そんな話をしたような気がする」

徹を音読みにしてテツ。あまりに安直な父のあだ名だ。

悲しい話はもうたくさんだった。父の昔話をしてくれと私は頼んだ。

出川と水脇は父のことを一貫してテツと呼び、青柿も途中から影響されて、松野さんからテツさんになった。テツ、テツと口に出される度に、心なしか胸が温まるような心地がした。

父が携わった様々な事件。若き日の失敗談。三人の口から飛び出すエピソードは私が知らないものばかりで、どれ一つをとっても、警察官としての父の生きざまを証《あか》しだてる、かけがえがないものだった。

そして、もっと父と話をしておけばよかったと、月なみなことを思った。

＊

通夜ぶるまいが終盤に差しかかる頃、少し一人になりたくて、私は手洗いに立った。用を済ませて化粧室を出ると、通路の奥に相浦を見つけた。

「今日はわざわざありがとうございます」

相浦は何も言わないで、自販機の方に黒目を転がす。

「何かいる？　今なら奢《おご》る」

断るのも不粋な気がして、オレンジジュースをねだった。自販機の前にあるソファに腰かけ、しばらく二人で黙って飲んだ。

「月曜から、また頼むよ」

相浦はボソリと言う。

「今週は色々ご迷惑おかけして、すみませんでした」

「迷惑じゃない。だから謝る必要もない」

まるでウイスキーみたいに、相浦はジュースをチビチビと飲む。責めるでも慰めるでもない。温かくも冷たくもない。相浦は常温だ。

「あの事故のこと、よく覚えてる」

私は相浦を見た。相浦は私を見ずに続けた。

「あのことでおやじさんを責める資格は、誰にもない」

一度言葉を切ってから、相浦は付け加えた。

「いや、本人以外にはと、言うべきか」

「——そうですかね」

気づくと、口が勝手に動いていた。

「私は父に、自分のことを責めて欲しくなんかありませんでした。責任なんか、感じて欲しくありませんでした」

胸の奥にしまいこんでいたはずの感情がこぼれ始める。

「でも何度そう言っても、父は耳を貸してくれませんでした。ずっと——自分だけの世界っていうんですか？　そういうのに引きこもってるっていうか、だから私が何言ったって無駄っていうか」

相浦は黙っている。

「あの事故は父のせいじゃないって私、何度も言ったんです。でも私の言うことなんて、父はこれっぽっちも聞いてくれなくて、ずっと責任を感じたままで。藤池光彦の遺族に頼まれて事件のこと調べ直したのも、そのせいだったみたいで。そしたら、あっけなく、殺されちゃって。でもそれじゃあ、元も子もないっていうか、何やってんのって思いませんか？」

もう止まらなかった。

「だってそんなの、私からしたら全部、自己満足ですよ。そんなことしなくていいって言ってるのに、暗い部屋の中でずっと自分を責めて、出て行って欲しいなんて思ってないのに勝手に出て行って、会うことも全然なくなって。本人は世捨て人みたいな気分だったんですかね？　でもそんなの、自分に酔っててただけじゃないかなって。だって、もし責任って言うなら、あの事故で死んだ四人の家族はどうなるんですか？　その人たちへの責任は、どこにいっちゃったんですか？」

そう父を問い詰めたかった。でももう父はいなかった。

「私はただ、そんな、わけわかんないことするんじゃなくて、もっと楽しく、家族でいたかっただけなんです。そうじゃなくても、せめて――生きてて、欲しかった」

責任なんて笑わせる。父は無責任だ。

しばらく無言が続いた。相変わらず相浦は私の方を見ていない。それでも、意地でも泣いてやるものかと唇を噛《か》んだ。

「全然、関係ない話をする」

やがて、きめの粗い声がした。

「俺が高校生の頃、おふくろが事故を起こした。赤信号なのにバイクが飛び出してきて、避《よ》けきれずにぶつかった。バイクに乗ってた大学生は頭ぶつけてそのまま死んだ」

自販機が低く唸《うな》り始めた。

「事故にしちゃ珍しく百零《ひゃくぜロ》で向こうが悪かった。バイクはスピードが出てた上に、ベロンベロンの飲酒運転だった。だが、おふくろは気に病んだ。周りが何を言っても無駄だった。そもそも自分が運転しなきゃよかったんだとか、あの道を選ばなければとか――おふくろを見て俺は、これはこれで酷なんじゃないかと思うようになった」

相浦は視線を上向ける。

「悪いことすると普通、罰がある。何かをしなきゃいけなくなる。謝る、罰金を払う、刑務所に行く。もしそいつが悪いことしたって思ってるなら、その何かをするだけで多少は気持ちが軽くなる」

もちろん、自分が悪いことしたって思ってなきゃ別だと相浦は留保する。

「だが、おふくろみたいな人間はどうだ。悪いことしたわけじゃない。金を払うどころか何もしなくていい。周りも気にするなって言う。でも本人には後悔がある。責任を感じる。その気持ちは大抵くすぶったまま――苦しいままだ」

常温の声に、ほんの少しだけ熱が加わっている。

「なあ松野。俺たちは何のために、取り締まりをしてると思う?」

「――事故の芽を未然に摘んで、死傷者を減らすことでしょうか」

「そうだな。でも俺にとってはそれだけじゃない。正直、おふくろの車に突っ込んだ奴みたいな馬鹿が死のうが生きようが、俺にはどうでもいい」

それは自己責任だと、相浦は切り捨てる。

「俺は、取り締まりをすれば、おふくろみたいな――加害者みたいな被害者を、減らせると思った」

泥酔した大学生が未然に検挙されていれば、相浦の母が苦しむことはなかった。

「松野のおやじさんも、俺のおふくろみたいに、それ以上に、苦しかったと思う。だから藤池光彦の遺族に頼られて、心のどこかで少し、嬉しかったのかもしれない――ってな」

もしもそうなら、稔と菊子の奇妙な依頼は、父にとっての福音だったのかもしれない。募るばかりの気持ちのやり場を、父はようやく見つけることができたのかもしれない。

「おやじさんのことを全部肯定する必要なんかない。松野の言うことはもっともだ。いくら怒ってもいい。でも、全部を否定してやらんでも、いいんじゃないか」

何を言えばいいか考えがまとまらずに黙っていると、軽く呻《うめ》きながら相浦が立ち上がった。

「知ったような口きいちまった。忘れてくれ」

ウイスキーに酔ったみたいに、顔が少し赤かった。ポケットに飲みかけのペットボトルをねじ込みながら、相浦は去っていった。

＊

翌日の夜、納骨を終えた後。電話があった。稔からだった。

「ありがとうございました。おかげで、本当のことを知ることができました」

稔は洟《はな》をすすっている。

「凜香にはずっと支えられてきました。今度は私たちが凜香を支えます」

少し泣いているのかもしれない、と思う。

「ただ、松野さんが亡くなるきっかけを作ってしまったことは、本当に申し訳ない」

「みなさんのせいじゃありません」

私は言った。

「父は最期に、いい顔をしてました」

あの穏やかな、父の顔。

「あなたとお父さんには、心から感謝しています。改めてそのことだけ伝えたかった」

「私は何も」

「あなたもです。凜香のこと――お世話になりました」

首を横に振る。見えないと分かっているのに。

「それでは、失礼します」

「ああ、あの」

最後にどうしても言いたくなった。

「どうかお元気で。稔さんも、菊子さんも、凜香さんも」

「――はい」

電話が切れる。

稔の言葉の全てが本心では、きっとない。

それでも、その中に多少なりとも真実があったのなら、その分だけ父のしたことにも意味があったと、父は責任を果たせたと、言えるのかもしれない。

そんな柄にもないことを、私は思った。

終章　二〇二三年 二月

とめどなく、せわしなく、車列が流れている。冷え切った空気が排ガスの臭いをいやに鮮明にさせている。

交差点とは存外ものさびしいものだ。一日に何万台と走るのに、それ自体が目的地となることはまずもってない。特別な愛着を持たれることも、だからほとんどない。

でも今日の宮前橋交差点は違う。柔らかな日の光に照らされて、いくつもの花束が供えられている。

その隣に温かい缶コーヒーを置く。雪が降っていたあの夜は、とても寒かっただろうから。

あの事故から今日、十三年が経つ。

父の死からも、もう半年になる。

＊

父がなぜ、どのようにして殺されたのか。その詳細も明らかになった。

安念の当初の供述はこうだった。事件の真相をマスコミにばらすと脅され、なんとかして止めなければと思った。革靴を履くために刑事が玄関に座ったところを、今しかないと、トロフィーの台座部分で後頭部を殴り、首を絞め殺害した——

父が高齢の安念の返り討ちにあうなんて考えづらいと加茂下は首をひねっていたが、ありえない話ではないと私は思う。事件の真相に行き着いたつもりでいた父はきっと、深い感傷に浸っていたに違いない。自分ではそのつもりはなくとも、おのずと気が緩んでいたのだろう。

しかし安念はまだ、全てを語ってはいなかった。

逮捕から一週間後。安念に子どもを預けたことのある近隣住民からの通報で、安念が児童にわいせつ行為を働いていたことが発覚した。その後の調べで、安念に預けられた子どものうち、少なくとも三名が被害を受けていたことが分かった。

藤池光彦の加えた暴行によって、安念の陰部は不能になっていた。性的虐待はしかし、それを使わずとも可能だ。安念の過去を知った父は、自治会の取り組みが悪用され、新たな犯行が起きている可能性に思い至ったのだろう。

預かった子どもにわいせつ行為を働いているのではと父に問い詰められ、殺さなければとより強く思った——強制わいせつ罪で再逮捕された後、安念はそう白状した。

凜香の強盗致傷教唆については起訴猶予となった。

迷惑をかけてはいけないと、凜香は会社を辞めるつもりだったらしい。それを社長や同僚が引きとめた。現在は週数日出社しながら心理カウンセリングを受け、静かな毎日を送っている。凜香を支えなければという使命感からか、菊子もだいぶ持ち直したようだ。

そして――二月初旬、性犯罪規定改正に向けた要綱案が取りまとめられ、成立要件の大幅な見直しに加え、強制性交罪の時効が五年延長されることになった。これで時効は十五年。今国会で成立すれば、凜香が受けた被害についても、安念を訴追することが可能になる。

その日は近いと、私は思う。

＊

横断歩道を渡ると緑道があり、すぐ左手の小高い丘が墓場になっている。斜面にところせましと並ぶ墓石の後ろには十数本の卒塔婆《そとば》が立てられている。

丘の中腹までのぼって右に曲がれば、離れ小島のような区画に行き当たる。振り向くと交差点をはっきりと見下ろせる。

この場所に父が眠っているという事実には、なにか因果めいたものを感じずにはいられない。

風に乗って車の走行音が駆け上がってくる。藪《やぶ》のざわめきがそれに交じる。

目を閉じ、手を合わせた。

今でも、父の全てを肯定できるわけじゃない。理解できない部分も、納得できないところも、山のようにある。

ただ、自分は父を突き放しすぎていたんじゃないかとも思うようになった。自分の考える正しさを押し付けるばかりで、父の抱える感情をないがしろにしていたのかもしれないとも思うようになった。

父は何も悪くない。だから責任なんてあるはずがない。そう信じてきた。

でもきっと、父しか見えない景色というものもあったのだろう。あの時、ハンドルを握っていた当事者にしか分からない感覚もあったのだろう。

それは、正しさという尺度で測れるものではなかったのかもしれない。

だから、今さらだけれど、もう少し父に歩み寄ってみたいと、私は思っている。

目を開けかけて、すんでのところで止めた。肝心なお願いを忘れていた。

明日《あした》はいよいよ母の昇進試験の日だ。

力を貸してあげて。心の中でそう唱えた。

＊

ただでさえとろとろと走るモノレールが徐行をはじめた。車窓の外に何気なく目をやると、おびただしい数の墓石が、まるで出陣前の兵士のように整然と並んでいた。

多摩モノレール、玉川上水駅《たまがわじようすい》。その名に反して、駅前にあるのは広大な墓地だ。

片時の間、目的を忘れてただ歩いた。墓石はどれをとっても同じような形をしている。それが見渡す限り、どこまでも、どこまでも続いている。

こう表現するのはおかしいかもしれないが、なんだかすがすがしいとさえ思う。

ここで眠っている一人一人に、置き換えがきかない物語がある。幸せな人生も、不幸せな人生もある。そういう個性というか格差みたいなものが、死という事実でもって、あっけらかんと均《なら》されているからだ。

その中には、伊地知家の四人もいる。

そして遅ればせながら途方に暮れた。どうやって見つけ出せばいいだろう。

光彦の墓がある墓地は小さめだったから、順番に確かめたところであまり時間はかからなかった。ここは訳が違う。しらみつぶしに探そうものなら、見つかる頃には文字通り日が暮れてしまう。

こういうことなら、墓石の位置も書いておいて欲しかった。

父は数十冊にも及ぶ捜査用のメモ帳を遺《のこ》していて、それらは全て私が預かることになった。いつしか時間がある時にパラパラとページを捲《めく》るようになった。筆圧に押されてできた窪《くぼ》みの手触りは心地よく、昔の父と交信をしているような不思議な気分だった。

昨年末、その中の一つに、藤池家と伊地知家の墓地の住所が記されているのを見つけた。事故の日に毎年、父が墓参りをしていたことを思い出した。そこで稔と出会ったことが、全ての始まりだったということも。

私は父のまねごとをすることにした。

そういえば入口の脇に事務所らしき建物があったはずだと思い出す。そこで聞けば分かるかもしれないと、来た道を振り返ろうとした時。

はるか遠く、隅の方に、墓碑の前にひざまずいて合掌する老人が見えた。

老人は石像のように微動だにしない。紺色の厚ぼったいダウン、髪の毛は薄く白い。顔はよく見えない。

脳に命じられる前に、足が前に出ていた。

一歩を踏みしめるごとに姿が大きくなっていって、でも、老人が動き始める気配はないままだった。近づけば近づくほど、曲がった背骨だとか、ひどく瘦《や》せていることだとか、灰色と黄土色が混じったような右頰に大きな黒子《ほくろ》があることだとかが仔細《しさい》に見えてきて、それに比例するように脈拍が速まった。

二十メートルという距離になった。老人がよろめきながら立ち上がった。見えた。伊、地、知、家。

大群の中に埋没した墓石には、そう刻まれている。

桶《おけ》をつかんだ老人が私の方を見た。瞳《ひとみ》が白く濁っている。

自分で自分をこういう状況に投げ込んだくせに、どうすべきか分からず身体が動かない。

「良子の、友達か何かですか？」

老人の首がズイっと前に出る。

「え？　そうなんでしょ？」

「いえ、そうではなくて」

どう説明しよう。素姓を明かしてしまっていいだろうか。

「知り合いみたいなものです」

悩んだ挙句に言葉を濁してしまう。納得してもらえるだろうかと緊張が走る。

「そうですかぁ」

私の心配をよそに、老人の顔は華やいだ。

「私、良子の祖父です。佐市郎と言います」

伊地知佐市郎は、ただでさえ歪《ゆが》んでいる腰をさらに曲げた。

「毎年どなたかがいらしてくれてるのは存じ上げていたんです。ここに来るとよく、燃え尽きたばかりのお線香があるものですから」

根の深い咳《せき》をしてから、佐市郎は私に向き直った。

「どなただろうと、ずっと思ってたんですが、そうですか——あなたでしたか」

佐市郎の目がトロリと綻《ほころ》んだ。

「もしよかったら、これからも、来てやってください」

痰《たん》の絡んだ細い声が言った。

「いい、家族だったんですよ。誰かが来るだけで、喜びます」

佐市郎の背中を見えなくなるまで見つめた。

墓石の前に立つ。また来ようと私は思った。

刑法及び刑事訴訟法の一部を改正する法律は、令和5年6月16日に成立し、同年6月23日に公布、同年7月13日に施行された。

選考経過
受賞の言葉
選評
歴代受賞作一覧

第44回 横溝正史ミステリ&ホラー大賞

選考経過

ミステリ&ホラー小説の新人賞、
第44回横溝正史ミステリ&ホラー大賞（主催＝株式会社KADOKAWA）には
応募総数三三八作が集まり、第一次選考、第二次選考により、
最終候補として左記の四作が選出された。

『死肉食む妻』雨宮 酔
『死に髪《がみ》の棲む家』織部泰助
『神鳴り』岩口 遼（高賀器用改め）
『責』浅野皓生

この四作による最終選考会を二〇二四年四月十七日（水）に、選考委員、
綾辻行人・有栖川有栖・黒川博行・辻村深月・米澤穂信（五十音順、敬称略）の
五氏により行い、厳正なる審査の結果、『責』を優秀賞に決定した。
また、『死に髪の棲む家』が一般から選ばれたモニター審査員により
最も多く支持された作品に与えられる読者賞に、
『神鳴り』がWeb小説サイト「カクヨム」ユーザーにより
最も多く支持された作品に与えられるカクヨム賞に選出された。

受賞の言葉

浅野皓生

横溝正史ミステリ&ホラー大賞という栄誉ある賞で優秀賞をいただいたこと、まずは大変光栄に思います。思い返せば、果たして書き上げることができるのだろうかと、執筆中は毎日不安に満ち満ちていました。何とか完成させられたというだけでなく、このような形で身に余る評価をいただき、喜びを噛《か》みしめております――

と書ければよいのですが、発表から日が経っても未だに現実感に乏しいままというのが正直なところです。その理由は恐らく、自分の中で、応募作への不満と鬱屈がくすぶっているからに違いありません。

何かしら物事を完遂する上で、締切は必要不可欠なもの。9月30日という締切がなければ、応募作を書き上げることは決してできなかったでしょう。ですが、忍び寄る締切に焦るあまり、何を書きたいのか、何を書かなければいけないと思っているのかという、創作において最も大事な根幹の部分を見失ってしまったように思います。結果、書くべきことを書かず、書くべきでないことを書いてしまい、しっちゃかめっちゃかになってしまった部分が少なくありません。選考委員の先生方の手厳しいコメントも当然だと思います（念のため付言すれば、これは締切への恨み言ではなく、締切に囚われて軸を失った自分へのダメ出しです）。

これから気の遠くなるような改稿作業が待ち受けていますが、選考委員の先生方のご指摘を反芻《はんすう》し、自分が描きたいものを今一度見つめ直して、少しでも質を高めるべく尽力していく所存です。完成形がお手元に届く頃には、きっと応募作から様変わりしているはずです。

最後に、横溝正史ミステリ&ホラー大賞の企画・運営スタッフのみなさま、そして選考委員の先生方に深い謝意を表して、受賞のコメントとさせていただきます。

ミステリ系が優勢　綾辻行人

今回の最終候補作品は大別するとミステリ系が二作、ホラー系が二作。横溝賞が「ミステリ&ホラー大賞」になってからの受賞作はホラー系が多かったのだけれども、今回はミステリ系が優勢であった。

ミステリ系二作のうち、浅野皓生『責』は警察小説、織部泰助『死に髪の棲む家』は怪奇本格探偵小説。僕が最も楽しく読んだのは後者だったのだが、後述のようにこの作品、いろいろと問題点が目立ちすぎて強く推しきれなかったところがある。対して前者は手堅くまとまっており、題材の新鮮さや掘り下げに若干の物足りなさを感じるものの、切り口の妙・プロットの妙で面白く読ませる。——結果、『責』を「優秀賞」に、ということで意見がまとまった。僕も納得して、賛成の票を投じた。

作者の浅野氏は二〇〇一年生まれの弱冠二十三歳。今後の伸び代に期待しての授賞でもあるが、現時点でも充分に書ける人だと思う。ご注目を。

受賞には届かなかった『死に髪の棲む家』は、前述のとおり怪奇本格探偵小説の力作。濃厚な怪奇色を漂わせつつも、実質は企みに満ちた本格ミステリである。おそらくジョン・ディクスン・カーあたりが大好きなのだろうと思われる作者の、熱い意気込みが伝わってくる。

ただ、問題点も相当に多い。第一はやはり、本格ミステリとしてとても面白いことをやろうとしているだけに、本格ミステリとしては看過できない複数の不備がどうしても目についてしまう、ということだろう。ここには文章・文体そのものの問題も関係してくるし、説明・描写の仕方や整理・推理の手順等の問題も関係してくる。舞台となる屋敷とその周辺の見取り図がないのも、非常につらい。

惜しいというよりも、これではもったいないと感じる。このままの形での出版は難しいけれど、幾度か全面改稿をすればきっと何倍も良いものになるだろう、というのが僕の考えだった。——ところが。

今回はこの作品が「読者賞」を受賞し、刊行されることになったという。モニター審査員の支持をそれだけ得たわけだから、その結果もまた良し、である。願わくは、選考会における指摘の数々を踏まえながら、可能な限りの手直しをして〝より良い形〟をめざされますように。

ホラー系の二作品はどちらも、リーダビリティに難はなくてするすると読めてしまうのだが、それ以上でも以下でもない。厳しい云い方になるが、どちらも「凡作」であると感じた。

雨宮酔『死肉食む妻』。加害者と被害者、両者の視点から交互に同一の出来事が語られていくのだが、「何が起きているのか」「何が起きるのか」をはやばやと読者に明かしてしまうこの書き方では、恐怖もサスペンスも生まれようがない。新人賞の原稿でしばしば目にする構成だが、基本的には悪手だと思う。

岩口遼『神鳴り』。序盤で提示される題材には面白みを感じたものの、物語の進行が直線的すぎてメリハリにも欠ける。終盤、登場人物の出自やつながり等が次々と明らかになるのだが、それらが「劇的な展開」ではなくて「安易なご都合主義」に見えてしまう——というのは大いに問題あり、だろう。

面白ければ自由　有栖川有栖

候補作の四編は、いずれも作者が何をどう面白がってもらおうとしているのかが伝わってくる作品だった。しかし、それぞれに不満があり、大賞に推す作品が決められないまま選考会に臨んだ。

討論の末、ホラー要素がまったくない『責』を優秀賞とすることになった。すっきりと読みやすい作品なので、優秀賞を選ぶならばこの作品という結論に同意した。

『責』は四編の中では相対的に最もリアリティの高い作品ながら、現実の警察の捜査を克明に描くタイプの警察小説とも違う。ある強盗殺人と交通事故の裏に隠された真実をめぐる捜査小説で、読ませる力がある。ただ――最後に重くて意外な真相が浮かび上がるのだが、そこから先に書くべきことがあるのでは、と思えてならない。まだ終われないところですとんと幕が下りたようで、もどかしさが残った。

『死肉食む妻』は、「異形の存在」となった妻のために夫が「食料」を調達するというサイコスリラー調のホラー。これまで小説や映画で何度も接した場面・展開が続く。愛の物語として昇華するなど、この作品ならではの何かが欲しかった。そもそもストーリーがシンプルすぎる。物語はもっと広がり、先に延びたがっているようで、本来は怒濤《どとう》の第二部（続編ではなく）がある気がした。

大地に豊穣をもたらす雷にまつわる『神鳴り』は、設定・舞台・登場人物の描き方がぼんやりとしていて、映像にたとえるとフォーカスが甘い。終盤の展開は唐突で、仕掛けが気持ちよく発動する感じがなかった。稲光に浮かぶ人らしき影、無気味な蹄《ひづめ》の音といったイメージは「いいな」と思ったのだが。

大小のトリックが盛られた怪奇本格ミステリ『死に髪の棲む家』は、横溝正史の名を冠した本賞にふさわしく、面白いアイディアも散らしてあるのだが、パーツの組み立て方に難がある。浮世離れした異様な事件は大いに結構とはいえ、財界の巨頭が死ぬと遺族が相続税で路頭に迷うという不安など、常識的におかしなことが多くて土台ができていない。奇矯な人物名や一人称が「吾輩」の警部なども、あまり真剣に読まないでください、というセーフティネットのよう。横溝正史のクローンを募集しているわけではないが、正史はそういうことはしない。本格ミステリを志向するのであれば、ネットをはずして常識を利用した空中ブランコを見せてもらいたい。

この賞の作者には大きな自由があり、面白ければ荒唐無稽であることが許されている。ミステリなら常識を無視できないが、ホラーなら怪異を奇妙な理屈で説明するのもよし、「呪いと祟り」「異次元からの怪物」で押し通すのもよし。どちらでもいいのだ。面白ければ。

読ませる力　黒川博行

『責』を△（プラス）と考えて選考会にのぞんだ。

まず、他の候補作にもいえることだが、原稿の枚数が多すぎる。読者に理解してもらえないのが不安なのか、あれもこれもと余計な説明をしてしまう。地の文ではなく、セリフで説明するのがもっとまずい。そんなときこそ、いったん立ちどまって、この一文はこの小説に対してほんとうに必要なのかと、読者の視線で読み返して欲しい。そう、小説は削除です。いったん書いた文章をできるだけ客観的に読み返して不要な部分を削っていく。それが推敲だと、わたしは考えている。

また、凄惨で異常なシーンを描けば、それが恐怖だと勘違いしている作者が多いのでは、という感覚もある。ホラー小説は容易なものではない。


『死肉食む妻』——。これは小説の文章ではなかった。「～のように」と多出する比喩が煩わしい。プロットは分かりやすいのだが、エピソードにリアリティーが乏しい。たとえば大学の美術科で教えている職業画家のアトリエがたった六畳の狭い空間だったり、大学のアトリエが二十平米で二十室もあり、そこに学生がふたりずついて絵を描いているような教育環境はありえない。特定の女子学生をモデルにした裸婦像を描くプロセス（セクハラ、パワハラです）には首を傾げてしまうし、絵描きと美大生の日常について最低限の取材はして欲しいと思った。

『神鳴り』——。これもまた文章が拙い。セリフが説明調でだらだらと長いため、話が前に進まず、無駄な枚数になってしまう。多用する「?」と「!」も気になった。プロットはあるのだが、その伝え方が散漫なため理解しづらく、読むのに苦労した。ドラマの書き割りのような国会議員の家族にリアリティーはなく、この種の因果物（親の因果が子に報い……）は他に嫌というほどの作例があるため、おもしろく読ませるのはそうとうに難しい。なにより遊説先での落雷死は安易な結末であり、残念だった。

『死に髪の棲む家』――。文章は丁寧だが省略がなく描きすぎるため、情景がすぐに思い浮かばない。簡潔、平明に一行で短く描写するのは不安かもしれないが、シェイプアップして読者にサービスして欲しい。

　が、わたしは今作に対して「金田一探偵の世界」にいちばん近いという感覚を持った。プロットの個性をいえば、この作品がいちばん変わっている。その際立った〝変さ〟が読者賞にアピールするのではないかと予想した。

『責』――。これもまた文章がよくない。手堅いようだが装飾過多で、ディテールにも難が多い。展開にめりはりがないので、おもしろく読みつつ、ふっとダレるときがある。主人公のほかの多くの刑事はキャラが乏しく、みんな優秀で仕事熱心なのはどうだろう。

　わたしには今作だけが結構が整っており、「読ませる力」があった。テツという刑事の執念の捜査を通して丁寧にその真相を追っていくプロセスがいい。警察機構や捜査手法に関してまちがいが多々あるが、単行本化に際して加筆修正されることを期待しつつ『責』を推した。

「この人でなければ」という魅力

辻村深月

　優秀賞を受賞した『責』は、候補作中最も文章、構成ともに整った作品で、プロの小説と比べても遜色がない。特に冒頭の交差点と墓参りのシーンが見事で、この交差点で過去起きたこと、この誠実さを持つ主人公が抱える葛藤とはどんなものか、と読者として惹きこまれた。前半部分が特に面白く、真相についても気になって一気に読んだのだが、語り手が変わってしまってからの後半に気持ちが乗れなかった。特に強くあったのが、主人公が命を落とすことに伴う必然性への疑問で、丹精な作品だと理解しつつ、今回は積極的に推さなかった。優秀賞の受賞、そして、作品が刊行されることで著者の浅野さんがこの先、より「何をテーマに書きたいのか」を見極めた傑作を書かれる日を楽しみにしている。
歪《いびつ》な点がたくさんある作品――と思いつつ、『死に髪の棲む家』を推した。優秀賞とは実に対照的な、この整っていない歪さこそが魅力に映る時もあるから、新人賞の選考はおもしろい。髪の毛が口に入り込む――という生理的嫌悪感を軸に、その厭さが全編に溢れていつつ、謎解きに挑む主人公たち登場人物の造形がコミカルなのもよかった。この人でなければ書けない「作者の色」が感じられる。ホラーとミステリの両方を際立たせた作品を書こうという意気込みを高く評価したいものの、選考会では、ミステリ部分におけるたくさんの瑕疵《かし》が、大きいものから小さなものまで多々指摘された。ただ、この傷から読者の目を煙に巻くほどの「変さ」がこの作品の魅力でもあると思う。読者賞を受賞されたとのこと。選考会中、多くの選考委員が選外の評価をしながらもこの「変さ」について好意的な言葉を述べていたことは、著者の織部さんには特にお伝えしておきたい。今後のご活躍を楽しみにしている。

『神鳴り』も怪異の現象にミステリのような論理を組み込んだホラー作品を書こうという意欲が素晴らしかった。ただ、そこで持ち込まれた怪異への論理的なアプローチが今回は諸刃の剣のように感じられ、この村における怪異の仕組み、神と人との構図がこうまでシステマチックに解説されてしまうと、ホラーの物語は奥行きを失う。あるいは、この方程式のような図式の中に、もし主人公と読者、両方の盲点をつくような何かさらなる大きな「仕組み」が今よりもっと意表をつく形で示されたなら、評価は変わっていたかもしれない。
『死肉食む妻』。文章が読みやすく、すぐに世界観に入れた。ただ、「何のためにこの題材を描くのか」が薄く感じられたのが残念。人肉を食べなければ生きられない異形の存在を扱う先行作は数多あまたあり、そのどれもが「そうせねば生きられない悲哀」や「人との共生と苦悩」など、何らかの要素でテーマが補完される。これではただ妻が愛おしく、生贄を調達する大変さのみが際立つだけではないか――と思いもしたが、この作品の場合はその細部のリアリティーと妻との生活の艶っぽさが主軸にあるのかもしれない。しかし、やはり新人賞には、既存の作品を超える新しさや「この人でなければ」という魅力を期待する。次回はそうした作品と出会いたい。

減点法、加点法　米澤穂信

『死肉食む妻』は、文章にも展開にもストレスを感じることなく、水を呑むように穏やかに読んだ。ただ惜しいかな淡々と読むばかりで、最後まで没入はできなかった。

この小説は、これから起きることを一つ一つ予言していく。監禁した相手は、用が済んだ後どうするのか？　殺すという。主人公を慕っている学生との仲はどうなるのか？　破滅に向かうという。作者はこうして今後の展開を事前に書いてしまう。お話そのものが起伏に乏しいのに、これではさらにサスペンスが、この先どうなるのだろうという興味が失せてしまう。文章一本で耽美や恐怖を描き出すというタイプの小説ならば事前に予告するのも大いにありだが、そういうわけでもない。穏やかに読めるというのは美点だけれど、賞に推す理由は見つけられなかった。

『神鳴り』は、公務員の働きぶりを面白く読んだ。けれど、いよいよ怪異が登場すると、どうにもしっくりこない。手順に従って産業利用される怪異にはおそろしさもあやしい魅力も乏しく、この土地ではかつて死体を肥料として用いていたとほのめかすのも筋がよくない。まず不可能であろうという以前に、無神経さを感じる。

登場人物の誰もがあっさり怪異の存在を信じてくれるのも、小説から陰影をなくしている。そしてなにより、雷は制御不能な神の怒り、天罰をイメージさせる――大きな力なのだ。雷を、そして作中最後に登場する大きな神を扱うのに町おこしのお話では、少々物語の格が足りなかったように思う。

『死に髪の棲む家』は、はっきり文章がまずい。画数の多い漢字をむやみに使いたがる。言葉の意味が間違っている。描写も行き当たりばったりである――人嫌いだけれど健康番組にひっぱりだこで、壮年にして地方に逼塞《ひっそく》した、財界の大立者。そんな人間は想像できない。

　だが、本格ミステリに挑んだ心意気は買いたい。持てる力をミステリの結構に全振りしたのであれば、そこをこそ見なくては不作法だろう。ミステリとしてすばらしいのであれば、その大加点は文章・描写の大減点よりも優先されるべきだ。そう考え、あらためてミステリの出来栄えをチェックした――その結果、惜しいかな未解決の点が多すぎてミステリとしてはそもそも未完成と判断するしかなかった。残念だ。好き嫌いで言うならこれが一番好きだった。

『責』の文章は問題がなく、捜査の過程も全体のプロットも、登場人物の描き方も、いずれも危なげない。警察が過去に充分な捜査を尽くせなかったエクスキューズも、たしかにこれならあり得るのではと思えた。新人賞の最終候補ではなく、書店の店頭で出会ってもおかしくない小説だ。唯一、法と罪に対する価値観については首を傾げたけれど、これは私と作者でこの世の捉え方が違うというだけの事であろう。減点材料とはしなかった。

　総じて、減点法では頭一つ抜けていた。今後のいっそうの飛躍に期待します。

歴代受賞作一覧

横溝正史ミステリ&ホラー大賞

第39回 …… 2019
大賞 受賞作なし
優秀賞 北見崇史『出航』
読者賞 滝川さり『お孵り』

第40回 …… 2020
大賞 原 浩『火喰鳥を、喰う』
読者賞 阿泉来堂『ナキメサマ』

第41回 …… 2021
大賞 新名 智『虚魚』
読者賞 秋津 朗『デジタルリセット』

第42回 …… 2022
大賞 受賞作なし
優秀賞 鵺野莉紗
『君の教室が永遠（とわ）の眠りにつくまで』
読者賞 荒川悠衛門
『異形探偵メイとリズ 燃える影』

第43回 …… 2023
大賞・読者賞・カクヨム賞
北沢 陶『をんごく』

第44回 …… 2024
大賞 受賞作なし
優秀賞 浅野皓生『責任』
読者賞 織部泰助
『死に髪（がみ）の棲む家』
カクヨム賞
岩口 遼『神鳴り』

横溝正史ミステリ大賞

第1回 …… 1981
大賞 斎藤 澪
『この子の七つのお祝いに』

第2回 …… 1982
大賞 阿久 悠『殺人狂時代ユリエ』
佳作 芳岡道太『メービウスの帯』

第3回 …… 1983
大賞 平 龍生『脱獄情死行』
佳作 速水拓三『篝り火の陰に』

第4回 …… 1984
受賞作なし

第5回 …… 1985
大賞 石井竜生／井原まなみ
『見返り美人を消せ』
佳作 中川英一『四十年目の復讐』
佳作 森 雅裕『画狂人ラプソディ』

第6回 …… 1986
受賞作なし

第7回 …… 1987
大賞 服部まゆみ『時のアラベスク』
佳作 浦山 翔『鉄条網を越えてきた女』

第8回 …… 1988
受賞作なし

第9回 …… 1989
大賞 阿部 智『消された航跡』
佳作 姉小路 祐『真実の合奏』

第10回 …… 1990
大賞 受賞作なし
優秀作 水城嶺子
『世紀末ロンドン・ラプソディ』

第11回 …… 1991
大賞 姉小路 祐『動く不動産』

第12回 …… 1992
大賞 羽場博行『レプリカ』
大賞 松木 麗『恋文』
特別賞 亜木冬彦『殺人の駒音』

第13回 …… 1993
大賞 受賞作なし
優秀作 打海文三
『灰姫 鏡の国のスパイ』
優秀作 小野博通『キメラ暗殺計画』

第14回……1994
大賞 五十嵐 均『ヴィオロンのため息の—高原のＤディー—』
佳作 霞 流一『おなじ墓のムジナ』

第15回……1995
大賞 柴田よしき『ＲＩＫＯ—女神(ヴィーナス)の永遠—』
佳作 藤村耕造『盟約の砦』

第16回……1996
大賞 受賞作なし
優秀作 山本甲士『ノーペイン、ノーゲイン』
佳作 西浦一輝『夏色の軌跡』

第17回……1997
大賞 受賞作なし
佳作 建倉圭介『クラッカー』

第18回……1998
大賞 山田宗樹『直線の死角』
佳作 尾崎諒馬『思案せり我が暗号』
奨励賞 三王子京輔『稜線にキスゲは咲いたか』

第19回……1999
大賞 井上尚登『T.R.Y.』
佳作 樋口京輔『フラッシュ・オーバー』
奨励賞 小笠原あむ『ヴィクティム』

第20回……2000
大賞 小笠原 慧『DZ ディーズィー』
大賞 小川勝己『葬列』

第21回……2001
大賞 川崎草志『長い腕』
優秀賞 鳥飼否宇『中空』

第22回……2002
大賞 初野 晴『水の時計』
テレビ東京賞 滝本陽一郎『逃げ口上』

第23回……2003
受賞作なし

第24回……2004
大賞 村崎 友『風の歌、星の口笛』
優秀賞・テレビ東京賞 射逆裕二『みんな誰かを殺したい』

第25回……2005
大賞・テレビ東京賞 伊岡 瞬『いつか、虹の向こうへ』

第26回……2006
大賞 桂木 希『ユグドラジルの覇者』
テレビ東京賞 大石直紀『オブリビオン～忘却』

第27回……2007
大賞 大村友貴美『首挽村(くびきむら)の殺人』
大賞 桂 美人『ロスト・チャイルド』
テレビ東京賞 松下麻理緒『誤算』

第28回……2008
大賞 受賞作なし
テレビ東京賞 望月 武『テネシー・ワルツ』

第29回……2009
大賞・テレビ東京賞 大門剛明『雪冤(せつえん)』
優秀賞 白石かおる『僕と『彼女』の首なし死体』

第30回……2010
大賞 伊与原 新『お台場アイランドベイビー』
テレビ東京賞 佐倉淳一『ボクら星屑のダンス』
優秀賞 蓮見恭子『女騎手』

第31回　2011
大賞　長沢 樹『消失グラデーション』

第32回　2012
大賞　菅原和也『さあ、地獄へ堕ちよう』
大賞　河合莞爾『デッドマン』

第33回　2013
大賞　伊兼源太郎『見えざる網』

第34回　2014
大賞　藤崎 翔『神様の裏の顔』

第35回　2015
受賞作なし

第36回　2016
大賞　逸木 裕『虹を待つ彼女』

第37回　2017
大賞　受賞作なし
優秀賞　染井為人『悪い夏』
奨励賞　長谷川 也
『声も出せずに死んだんだ』

第38回　2018
大賞　受賞作なし
優秀賞　犬塚理人『人間狩り』

日本ホラー小説大賞

第1回　1994
大賞　受賞作なし
佳作　坂東眞砂子『蟲（むし）』
佳作　カシュウ・タツミ
『混成種―HYBRID―』
佳作　芹澤 準『郵便屋』

第2回　1995
大賞　瀬名秀明『パラサイト・イヴ』
長編賞　受賞作なし
短編賞　小林泰三『玩具修理者』

第3回　1996
大賞　受賞作なし
長編賞　受賞作なし
佳作　貴志祐介
『十三番目の人格（ペルソナ）
―ISOLA―』
短編賞　受賞作なし
佳作　櫻沢 順『ブルキナ・ファソの夜』

第4回　1997
大賞　貴志祐介『黒い家』
長編賞　中井拓志『レフトハンド』
短編賞　沙藤一樹
『D―ブリッジ・テープ』

第5回　1998
受賞作なし

第6回　1999
大賞　岩井志麻子
『ぼっけえ、きょうてえ』
長編賞　受賞作なし
佳作　牧野 修
『スイート・リトル・
ベイビー』
短編賞　受賞作なし
佳作　瀬川ことび『お葬式』

第7回　2000
受賞作なし

第8回　2001
大賞　伊島りすと
『ジュリエット』
長編賞　桐生祐狩『夏の滴』
短編賞　吉永達彦『古川』

第9回　2002
受賞作なし

第10回　2003
大賞　遠藤 徹『姉飼』
長編賞　保科昌彦『相続人』
短編賞　朱川湊人
『白い部屋で月の歌を』

第11回 2004
大賞 受賞作なし
長編賞 受賞作なし
佳作 早瀬 乱『レテの支流』
短編賞 森山 東『お見世出し』
佳作 福島サトル『とくさ』

第12回 2005
大賞 恒川光太郎『夜市』
長編賞 大山尚利『チューイングボーン』
短編賞 あせごのまん『余は如何にして服部ヒロシとなりしか』

第13回 2006
大賞 受賞作なし
長編賞 矢部 嵩『紗央里ちゃんの家』
短編賞 吉岡 暁『サンマイ崩れ』

第14回 2007
大賞 受賞作なし
長編賞 受賞作なし
短編賞 曽根圭介『鼻』

第15回 2008
大賞 真藤順丈『庵堂三兄弟の聖職』
長編賞 飴村 行『粘膜人間』
短編賞 田辺青蛙『生き屏風』
短編賞 雀野日名子『トンコ』

第16回 2009
大賞 宮ノ川 顕『化身』
長編賞 三田村志郎『嘘神』
短編賞 朱雀門 出『今昔奇怪録』

第17回 2010
大賞 一路晃司『お初の繭』
長編賞 法条 遥『バイロケーション』
短編賞 伴名 練『少女禁区』

第18回 2011
大賞 受賞作なし
長編賞 堀井拓馬『なまづま』
短編賞 国広正人『穴らしきものに入る』

第19回 2012
大賞 小杉英了『先導者』
読者賞 櫛木理宇『ホーンテッド・キャンパス』

第20回 2013
大賞 受賞作なし
優秀賞 倉狩 聡『かにみそ』
読者賞 佐島 佑『ウラミズ』

第21回 2014
大賞 雪富千晶紀『死呪の島』
佳作 岩城裕明『牛家』
読者賞 内藤 了『ON 猟奇犯罪捜査班・藤堂比奈子』

第22回 2015
大賞 澤村伊智『ぼぎわんが、来る』
優秀賞 名梁和泉『二階の王』
読者賞 織守きょうや『記憶屋』

第23回 2016
大賞 受賞作なし
優秀賞 坊木椎哉『きみといたい、朽ち果てるまで～絶望の街イタギリにて』
読者賞 最東対地『夜葬』

第24回 2017
大賞 受賞作なし
優秀賞 木犀あこ『奇奇奇譚編集部 ホラー作家はおばけが怖い』
優秀賞 山吹静吽『迷い家』
読者賞 野城 亮『ハラサキ』

第25回 2018
大賞・読者賞 秋竹サラダ『祭火小夜の後悔』
大賞 福士俊哉『黒いピラミッド』

参考文献

長谷川公之
『犯罪捜査大百科
～創作のための犯罪捜査入門～　復刻版』
シナリオ作家協会／２０１３年

法科学鑑定研究所監修
『犯罪捜査ハンドブック
ミステリー・刑事ドラマのお供に』
宝島社／２０１４年

古野まほろ『警察手帳』
新潮新書／２０１７年

古野まほろ
『警察用語の基礎知識
事件・組織・隠語がわかる!!』
幻冬舎新書／２０１９年

本書は第44回横溝正史ミステリ&ホラー大賞
〈優秀賞〉受賞作「責」を加筆修正のうえ
改題して書籍化したものです。

装画　川端健太
装丁　坂詰佳苗

浅野皓生（あさの　こうせい）
2001年、東京都生まれ。22年、「殺人犯」で東大生ミステリ小説コンテスト大賞を受賞（「テミスの逡巡」と改題し『東大に名探偵はいない』に収録）。24年、「責」で第44回横溝正史ミステリ＆ホラー大賞優秀賞受賞。東京大学法学部在学中。

責任《せきにん》

2024年 9 月28日　初版発行

著者／浅《あさ》野《の》皓生《こうせい》

発行者／山下直久

発行／株式会社KADOKAWA
〒102-8177　東京都千代田区富士見2-13-3
電話　0570-002-301（ナビダイヤル）

印刷所／旭印刷株式会社

製本所／本間製本株式会社

ISBN 978-4-04-115384-0　C0093